HISTOIRE

DE

BLANCHE.

Imprimerie de P.-F. DUPONT Fils,
Hôtel des Fermes.

HISTOIRE

DE

BLANCHE,

ÉCRITE PAR ELLE-MÊME.

ROMAN PHYSIQUE ET MORAL.

In deo vivimus movemur et sumus.

PARIS,

CHEZ CHAUMEROT JEUNE, LIBRAIRE,
PALAIS-ROYAL, GALERIE DE BOIS, N° 188.

1819.

HISTOIRE

DE BLANCHE,

ÉCRITE PAR ELLE-MÊME.

Vous vous attendez, mon cher lecteur, d'après le titre de cet ouvrage, à voir paraître successivement une *Préface*, un *Avis au lecteur*, une *Introduction*, une *Avant-propos*, et peut-être un *Préambule*, suivi d'un *Discours préliminaire*. Rassurez-vous, je suis femme, et cependant je ne fais et ne dis justement que ce qu'il faut.

Je commence par un aveu bien pénible. Je suis extrêmement vieillé, et malgré cela j'ai encore, sans vanité, toute la fraîcheur de la jeunesse. Ma vie passée est écrite sur ma peau; mais il n'est pas donné à tout le monde de la déchiffrer. Certaines gens ont voulu me faire passer pour une sempiternelle, qui n'a jamais commencé et ne doit jamais finir; mais ces messieurs ne me donnent l'éternité que pour n'avoir obligation à personne de leur existence : l'idée d'un père est repoussée par ces fils ingrats, ils ne voient partout que le hasard, qui n'est rien, et leurs raisonnements sont conformes à leur principe. Je n'entreprends pas de réfuter les fausses idées de ces gens-là, parce qu'elles prennent naissance dans leur cœur, qui est mauvais.

D'autres, bonnes gens d'ailleurs, ont imaginé, sur mon compte, des systèmes qui me feraient pouffer de rire, si je ne craignais de tout bouleverser par mes mouvements convulsifs. Un docteur anglais a publié, dans un gros livre, que je ne suis qu'une vessie pleine d'eau. Non content de me faire hydropique, il fait rentrer ou sortir cette eau à volonté, pour expliquer les rides et le désordre qu'il croit reconnaître sur ma peau.

Un Italien, qui n'a vu que du feu partout, a avancé que j'étais une boîte d'artifice, dont la surface avait subi divers changements, à mesure que les fusées et les pétards dont j'étais composée, avaient fait leur effet. Il y a bien sur ma peau quelques boursoufflures produites de cette manière; mais ces petits accidents sont très-superficiels.

Je ne finirais pas s'il me fallait raconter toutes les bévues que l'on a débitées sur mon compte. Il n'y avait qu'un moyen bien simple pour me connaître, c'était de se donner la peine d'examiner comment je suis faite; c'est cependant la dernière chose dont on s'est avisé.

CHAPITRE PREMIER.

Origine de Blanche.

Adonaï est l'auteur de tout ce qui existe;
il est, il a toujours été, et il sera toujours. Il
y a trois personnes dans Adonaï, et ces trois
personnes, séparément et ensemble, sont
toujours Adonaï. Faites tomber un rayon
de lumière sur un prisme de verre ou de
cristal, vous verrez trois couleurs bien distinctes, *rouge, bleue* et *jaune,* et ces trois
couleurs ne sont que le même rayon.

Adonaï n'avait pas besoin de mon existence; il est immense, et je ne suis qu'un
point; il voulut que ce point existât, et je
parus tout à coup. Lorsque je commençai
d'être je n'avais pas la forme que j'ai maintenant; imaginez un nuage, une vapeur na-
geant dans l'espace, me voilà telle que je
parus devant Adonaï. Dans cette forme va-
poreuse, j'occupais beaucoup plus d'espace

que je ne le fais maintenant ; mais qu'importe l'espace pour Adonaï. Vous autres, bonnes gens, vous avez divisé cet espace en parties égales, que vous appelez *milles*, *werstes*, *lieues* ; eh bien ! des millions de lieues ou un point, c'est la même chose devant Adonaï.

Je serais resté dans cet état de vapeur tant qu'il aurait plu à Adonaï, lorsque tout à coup je me vis entourée par une multitude innombrable de points éblouissants. Ces êtres sans nombre n'étaient point Adonaï ; mais ils formaient autant de trônes ou de foyers d'où il répandait la lumière en flots immenses, avec une force et une rapidité dont la pensée n'est qu'une faible image.

Au milieu de ces foyers brillants, Hélios se distinguait comme un géant ; je le crus d'abord le plus grand de tous : j'ai reconnu depuis qu'il ne me paraissait tel, que parce qu'il se trouvait plus près de moi. Ainsi, dès mes premiers pas, je fis la faute, si commune à mes enfants, de juger des choses sur l'apparence.

CHAPITRE II.

Tableau de famille.

LE premier aspect d'Hélios fit sur moi un effet inconcevable. Mes parties, qui étaient divisées et éparpillées dans l'espace, formèrent aussitôt différents groupes de forme ronde, ou à peu près; moi, qui vous parle, je devins aussi un de ces groupes. Au même instant, més sœurs, ainsi que moi, nous nous mîmes à tourner autour d'Hélios, ce que nous faisons toujours, depuis ce moment-là, avec une constance vraiment admirable.

Un certain nombre de mes sœurs a une marche réglée, et suit à peu près la même route que moi, les unes au-dessous du côté d'Hélios, les autres au-dessus; en sorte que, dans les cercles que nous décrivons autour de lui, nous né pouvons jamais nous rencontrer; mais d'autres sœurs plus vagabondes ont pris des chemins différents; elles vont

et viennent autour d'Hélios non sans ris-
que de heurter quelquefois celles qui, comme
moi, ne s'écartent jamais de la bonne
route.

Depuis cette séparation j'ai eu peu de
fréquentation avec mes sœurs sages ou folles,
et malgré ce que disent certaines gens de
notre influence réciproque, je ne m'en suis
jamais aperçue. Nous nous voyons cependant, et je vis en fort bonne intelligence
avec celles de mes sœurs qui se comportent
bien. Nous nous rendons même mutuellement de petits services, comme par exemple de nous dire à quelle distance nous nous
trouvons d'Hélios, et quelques autres ren-
seignements pour régler notre marche ; mais
voilà tout.

Quant à celles de mes sœurs qui ont une
démarche extraordinaire, je redoute singulièrement leur approche ; on verra plus bas
ce qui m'est arrivé par la rencontre que je
fis de l'une d'elles il y a quelques milliers
d'années ; j'en fis une terrible maladie, dont
on voit encore des traces sur ma figure.
Je n'en vois jamais approcher une sans être

troublée et sans présager quelque malheur. Elles affectent de prendre, pour me faire peur, les costumes les plus bizarres. Tantôt elles se présentent avec une barbe épouvantable; quelquefois avec une chevelure horriblement hérissée, et souvent avec une queue qui leur donne l'aspect de furies: que l'éternel, que le tout-puissant Adonaï me préserve de leur approche funeste!

Une seule de mes sœurs, ma compagne fidèle, ne me quitte jamais. Ronde comme moi, mais bien plus petite, elle tourne douze fois autour de moi pendant que je fais une seule fois le tour d'Hélios. Elle me présente souvent sa figure charmante, mais un peu pâle, où les traits d'Hélios sont réfléchis avec beaucoup de douceur : l'histoire de cette aimable sœur est trop liée avec la mienne pour ne pas vous en parler encore ; le charme qu'elle répand sur ma vie et sa douce influence seront plus amplement développés.

Parmi celles de mes sœurs qui ont une marche constante et régulière, il en est trois qui ont aussi de petites sœurs qui tournent autour d'elles : la plus rapprochée de moi en a quatre, et la plus éloignée, que j'aperçois à peine, en a six. Une autre placée entre elles en a sept, et elle se fait remarquer par une ceinture ou anneau qui l'entoure. Je n'ai jamais bien su pourquoi elle s'est donné cette petite marque distinctive; mais il faut croire que tout cela est arrangé pour le mieux, car Adonaï ne fait rien qu'avec une extrême sagesse.

CHAPITRE III.

Amour-propre.

Il y a en nous, mon cher lecteur, une force intérieure qui fait que toutes les parties du même individu s'attirent réciproquement et tendent à se pelotonner et à se mettre en boule ; cette force intérieure, que j'appellerai *attraction d'amour-propre* est une loi d'Adonaï ; sans elle tout se confondrait en lui, et il n'y aurait pas d'individus. Vous voyez que cette loi est infiniment sage ; aussi son effet ne manque jamais. Mais lorsqu'un individu n'obéit qu'à cette loi, qu'arrive-t-il ? il rapporte tout à lui-même, ses parties se resserrant avec force les unes contre les autres, il devient d'une dureté extrême ; il oublie tous les autres individus et même Adonaï. Cet excès d'amour-propre, qui s'appelle *égoïsme*, est la chose qu'Adonaï déteste le plus et qui se trouve le

plus en contradiction avec ses intentions bien-
faisantes. Il est lui-même l'extrême opposé
de l'égoïsme ; et il le prouve à chaque instant
en donnant la vie à tout ce qui existe. Tout
individu entaché d'égoïsme devient petit,
dur, sec, et misérable ; s'il reste immobile,
il s'isole de tous les êtres vivants ; mais si
par malheur Adonaï permet qu'il s'agite,
il heurte, froisse, brise tout ce qu'il rencontre par sa dureté et ses mouvements
désordonnés.

Examinez les objets qui vous entourent ;
vous donnez une grande valeur au diamant
parce qu'il est très-dur, très-poli, très-bril-
lant ; mais à quoi vous sert-il ? c'est un objet
de pure vanité, il n'est propre qu'à dé-
chirer et entamer tout ce qui est moins
dur que lui. Observez au contraire quels
sont les objets qui vous sont les plus utiles
et qui vous rendent les plus grands services ;
ce sont toujours les moins durs, et parcon-
séquent les moins égoïstes ; le pain qui vous
nourrit, l'eau qui vous désaltère, l'air que
vous respirez, la lumière qui vous éclaire,
ne vous prodiguent leurs bienfaits, que

parce que leurs parties tiennent très-peu les
unes aux autres et ont une extrême facilité
à se diviser et à se répandre.

Je me souviens d'avoir entendu dire,
dans ma jeunesse, que parmi les êtres qui
étaient sortis des mains d'Adonaï, il y en
eut qui, par un excès d'amour-propre furent rebelles à ce père immense et bienfaisant. *Que peuvent contre lui tous les
rois de la terre ?* comme l'a dit Jean
Racine, l'un de mes enfants les plus dis-
tingués par son génie et son amour pour
Adonaï. Ces êtres rebelles furent précipités
dans l'abîme, et j'ai bien des raisons pour
croire que ces sœurs vagabondes dont je
vous ai parlé, se trouvent dans le cas dont
il s'agit. Leur vie errante, le grand éloignement où elles se trouvent la plupart du
temps d'Hélios, dont elles ne s'approchent
que pour être embrasées, tout cela me rend
cette opinion très-vraisemblable. Je me
fais vieille et je sens que plus je vieillis plus
aussi je deviens dure et égoïste.... Écartons
ces tristes pensées et revenons aux jours de
mon enfance.

Je fus douée, lorsque je naquis, d'une certaine dose d'amour-propre, mais tout juste ce qu'il en fallait pour que mes parties, s'attirant réciproquement, prissent la forme d'une boule. Ainsi tout ce qui est en moi se porte naturellement vers mon centre; voilà pourquoi la pluie et la grêle tombent; voilà pourquoi toutes les eaux coulent vers la mer; voilà enfin pourquoi tout ce qui n'est pas soutenu descend jusqu'à ce qu'il trouve un appui, et lorsqu'il a trouvé cet appui, il le presse ou pèse sur lui à proportion que l'objet pesant a plus de masse, c'est-à-dire, qu'il a un plus grand nombre de parties.

Il y avait fort long-temps que l'on voyait tout cela, et que l'on s'était cassé des bras et des jambes en se portant vers mon centre, sans se donner la peine d'examiner pourquoi et comment cela se faisait, lorsqu'Isaac Newton, grand observateur, grand calculateur, et malgré cela très-modeste et très-fidèle adorateur d'Adonaï, se mit à examiner la chose en voyant un jour des poires tomber de l'arbre qui les portait, dans son jardin. Il trouva et démontra par a plus b divisé par z que

ces poires en tombant librement allaient trois
fois plus vite au deuxième instant, cinq fois
plus vite au troisième, sept fois plus vite au
quatrième et ainsi de suite. D'après cette loi,
qui est démontrée comme deux et deux font
quatre, une pierre qui ne trouverait aucun
obstacle, se porterait de ma surface à mon
centre, c'est-à-dire, qu'elle ferait près de 1500
lieues en moins de 20 minutes; voilà exactement quelle est la mesure de mon amour-
propre.

Si vous vous êtes amusé quelquefois,
mon cher lecteur, à faire rouler quelque
grosse pierre du haut d'une montagne es-
carpée, vous pouvez vous faire une petite
idée de la force de mon amour-propre
pour attirer toutes mes parties vers mon centre. Vers le milieu du siècle dernier une montagne s'écroula dans la vallée de Sallanche,
près du Mont-Blanc; ce fut pendant plusieurs jours un fracas plus terrible que celui
du tonnerre. Je donne quelquefois de ces
petites scènes d'amour-propre, mais heu-
reusement elles sont très-rares; il y a même
de très-bonnes raisons pour cela, que je vous
dirai dans le chapitre suivant.

CHAPITRE IV.

Sympathie.

Mes parties ont une forte tendance à se rapprocher; et cette propension, qui est très-peu de chose, et se fait à peine sentir lorsqu'elles sont à une certaine distance les unes des autres, devient de plus en plus forte à mesure qu'elles se rapprochent; et lorsqu'enfin elles se touchent et que rien ne se met entre deux, elles s'unissent avec une force qui l'emporte de beaucoup sur celle que j'exerce moi-même pour attirer tout vers mon centre, par mon amour-propre.

Cette forte *sympathie* qui unit mes parties entre elles est encore une loi d'Adonaï; si elle n'existait pas, mon amour-propre n'étant contre-balancé par rien, je deviendrais l'être le plus dur, le plus égoïste et par conséquent le plus misérable qui fût jamais; bref, je serais le seul individu qu'il y eût en moi ; au lieu que par la sympathie qui règne entre mes parties, il se forme de leurs différentes réunions une quantité prodigieuse d'individus qui conservent néanmoins une forte tendance de se réunir à moi, et d'autant plus forte, qu'ils sont composés de plus de parties.

Vous voyez un bloc de pierre : toutes ses parties tiennent tellement les unes aux autres que pour les séparer vous êtes obligé d'employer la plus grande force ; ce n'est qu'avec des instruments très-durs et très-pointus, et par des coups redoublés que vous parvenez à en séparer quelques parties ; ce bloc de pierre néanmoins, si rien ne l'arrête, et ne le soutient, se portera vers mon centre avec une vitesse incroyable. Si ce bloc de pierre trouve un appui, il demeure immobile, quand bien même une portion ne serait soutenue par rien ; mais aussitôt que cette portion qui n'est pas soutenue, contient une très-petite partie de plus, que celle qui est soutenue, elle entraîne le tout vers mon centre avec la vitesse de 1500 lieues en 20 minutes.

Me voilà donc, en vertu de deux lois im-
muables d'Adonaï, un composé d'*amour-
propre* et de *sympathie ;* et dans ce siècle
où l'on met de la politique partout, je
pourrais être comparée à une de ces grandes
sociétés que vous appelez un *état*, une *patrie ;* mon amour - propre central est cet
amour général de tous les particuliers pour
l'état; la sympathie qui réunit mes parties
entre elles est le sentiment qui attache chaque particulier à soi-même et à sa famille.
Vous voyez que ces deux sentiments ou
ces deux lois, si vous voulez, s'exerçant
dans toute leur plénitude, j'aurais pu exister,
et qu'une société pourrait se soutenir ; mais
s'il n'y avait jamais eu que ces deux lois,
que serais-je ? un vrai chaos, un assemblage
confus de blocs informes très-durs par eux-
mêmes, et formant, par leur tendance vers
mon centre, un ensemble très-dur aussi, mais
froid, insensible, immobile, un véritable
rocher de granit. En soutenant la comparaison, que serait une société qui ne serait
mue que par deux sentiments, l'amour
personnel, et l'amour de la patrie portés

même au plus haut degré? une réunion très-égoïste de personnages très-égoïstes.

Que faut-il donc pour animer ce chaos, et pour donner un but à cette réunion sociale?..... Le feu sacré..... l'amour, l'amour d'un être immense, source de lumière et de vie, qui a tout produit, et auquel tout doit se rapporter.

Adonaï, en me sortant du néant, n'aurait fait qu'un ouvrage informe, s'il n'eût en même temps créé la *Lumière*, qu'il plaça dans *Hélios*. C'est d'Hélios que ce fluide immense se répand par torrents inépuisables pour me pénétrer, et agir constamment en sens contraire de mon *amour-propre* qui attire toutes mes parties vers mon centre, et de la *force sympathique* qui les enchaîne mutuellement.

Il fallait toute la force et l'énergie de ce fluide prodigieusement actif pour vaincre mon inertie, et faire jaillir de mon sein le mouvement, la circulation, la vie. J'étais absolument la statue de Pygmalion, qui n'attendait pour s'animer que le feu de Prométhée.

CHAPITRE V.

Prodigieux effets de l'amour.

Je n'aurais jamais été qu'une petite boule très-sèche, très-dure, sans mouvement, et plongée dans une profonde obscurité, si je n'avais connu Hélios et l'amour.... Hélios lui-même, notre amour et moi, nous ne serions rien sans Adonaï.

Aussitôt qu'Hélios parut, mon existence prit une face toute nouvelle : je me sentis entraînée vers lui par une force irrésistible; et si mon amour-propre ne m'eût retenue, je me serais perdue dans cet abîme de feu... La puissance qui m'attirait vers Hélios, agissant en sens contraire de mon amour-propre, je me vis forcée à prendre, comme toute honnête femme, un milieu qui satisfît également mon amour-propre et mon amour, et ce milieu fut, ne vous en déplaise, de courir autour d'Hélios avec une vitesse qui se trouvait participer également des deux motifs qui me faisaient mouvoir. Ces deux sentiments, agissant en moi dans tous les instants avec tout ce que chacun d'eux a de force et d'énergie, je devais me trouver toujours à une égale distance de l'objet vers lequel je me sentais entraînée ; mais j'avoue avec franchise que mon amour prenant quelquefois le dessus, et quelquefois aussi mon amour-propre, il en résulte que ma conduite n'est pas un cercle parfait. Si chacun veut bien s'examiner, il trouvera qu'en définitif sa conduite est toujours, comme la mienne, le résultat de deux motifs, et que l'amour-propre s'y trouve toujours au moins pour la moitié.

Si je n'avais eu d'autre mouvement que de courir autour d'Hélios, il n'y aurait jamais eu que la moitié de moi-même qui l'eût envisagé ; mais comme je ne l'aimais pas à moitié, et que toutes mes parties suivaient la même impulsion, chacune d'elles voulut avoir son tour ; ce qui me mit dans l'obligation de tourner sur moi-même. C'est ce que je fais très-régulièrement en

23 heures 56 minutes, comme chacun sait. Cet effet de mon amour, long-temps ignoré, fut découvert, il y a deux cents ans, par un chanoine d'une petite ville de Pologne. Il pensa avec raison que ce serait trop exiger d'Hélios que de lui faire parcourir en un jour le chemin que je ne puis faire que dans une année, en parcourant près de 400 lieues par minute, et qu'il était bien plus simple et plus naturel de me faire pirouetter sur moi-même, à peu près comme le fait chaque couple dans la danse allemande connue sous le nom de *walse*.

Un couple qui walse vous donne l'idée la plus juste de ma manière d'agir autour d'Hélios : le cercle que ce couple décrit autour du salon, c'est celui que je parcours dans l'espace d'une année; le tour qu'il fait sur lui-même à chaque instant, c'est celui que je fais moi-même chaque jour. Les Allemands, qui sont naturellement profonds et méthodiques, ont voulu donner dans cette danse ingénieuse la démonstration du système planétaire; et, à tout prendre, ce monde n'est qu'un grand bal où chacun walse à sa

manière : le plus grand bonheur est de s'y
préserver des atteintes de ceux qui walsent
mal, ou qui ne sont occupés que d'eux-
mêmes.

CHAPITRE VI.

Nœud conjugal.

Depuis que j'existe, ma manière de walser a toujours été fort régulière autour d'Hélios mon époux : je dois lui donner ce nom, car il est le père de tous mes enfants ; mais une chose que l'on aura de la peine à croire et qui est cependant très-vraie, c'est que, quoique le nombre de mes enfants soit prodigieux, et incalculable, je suis néanmoins toujours vierge, toujours féconde, et toujours fort éprise de mon époux, qui est toujours le même et toujours nouveau pour moi.

Mes mouvements, pendant ma course annuelle, sont si bien combinés, qu'il n'est aucun point de ma surface qui ne jouisse pendant la moitié de l'année de la présence de mon époux. Il en est deux de ces points qui le voient six mois de suite, et en sont

privés tout autant. Les points placés entre
ces deux premiers, sont si bien partagés, que
celui qui voit mon époux pendant un mois,
un jour, ou la moitié d'un jour de suite, en est
privé pendant le même intervalle à des épo-
ques correspondantes de l'autre moitié de
l'année. Ainsi les jouissances sont propor-
tionnées aux privations dans toutes les parties de ma surface, et on peut les varier de
manière à satisfaire tous les goûts. Mais je
ne dois pas laisser ignorer que les parties
où mon époux est présent chaque jour, ont
un avantage très-marqué sur celles qui pas-
sent plusieurs jours sans le voir. Celles-ci
sont très-disgraciées; elles peuvent donner
une idée de l'état affreux où je serais plongée si la présence de mon époux ne répandait continuellement sur moi la chaleur et
la vie.

Les desseins d'Adonaï ne se bornaient pas
à m'avoir créée pour pirouetter continuellement autour d'Hélios, je devais par lui
devenir la mère d'une multitude d'individus aussi innombrable que les étoiles du
ciel, et le sable de la mer.

Le mystère de ma fécondité fut toujours le tourment de ceux, qui ont la rage de tout savoir. Combien de châteaux en Espagne n'a-t-on pas fait pour expliquer ce que l'on ne concevait pas ! les *atômes crochus*, les *molécules rondes*, le *chaud* et le *froid*, le *vide* et le *plein*, le *sec* et l'*humide*, les *tourbillons*, le *phlogistique*, et une infinité d'autres originaux ont passé tour à tour pour être les pères de mes enfants. J'ai laissé parler le monde, tant que j'ai vu que l'on ne débitait que des absurdités ; mais je m'aperçois que depuis quelque temps on m'examine de plus près ; quelques observateurs ont été même assez hardis pour soulever un coin de mon voile, et me prendre sur le fait..... Il est temps que je lève ce voile que quelque téméraire finirait par m'arracher ; d'ailleurs en me montrant ainsi, je ne ferai que me conformer à l'usage actuel des personnes de mon sexe qui se rapprochent tous les jours davantage du costume de la vérité.

Cependant, j'avoue qu'il m'en coûte infiniment de dévoiler les secrets du ménage, j'ai besoin de toute l'affection que je porte à mes enfants pour vaincre la pudeur dont je leur donne toujours l'exemple. S'il m'en coûte de lever le voile qui me couvre, j'en serai payée par le plaisir de faire tomber le bandeau de l'erreur........ Je crois, Dieu me pardonne, que je viens de faire une antithèse; je n'ai jamais visé cependant à faire ce qu'on appelle de l'esprit.

CHAPITRE VII.

Secrets du Ménage.

Il n'est personne de vous, Messieurs et Mesdames, qui n'ait été à portée de voir de la chaux vive. Si vous l'exposez à l'air, elle tombe en poussière ; elle a une grande avidité pour boire de l'eau, et quand elle en a bu une certaine quantité, elle devient très-blanche et très-grasse..... Eh bien ! cette substance très-blanche et très-grasse, c'est moi... c'est moi plus de l'eau ; car vous auriez beau faire, vous m'exposeriez au feu le plus ardent pour me purifier, et n'avoir que moi ; j'ai une si grande avidité pour l'eau, que j'en retiens toujours une certaine quantité qui m'empêche de paraître telle que je suis en effet.

Voulez-vous connaître mon époux, levez les yeux au ciel par un beau jour sans nuage, c'est mon époux qui vous éclaire, qui vous échauffe et vous nourrit ; voilà votre père, celui de tous mes enfants. Hélios n'est point Adonaï, mais il en est la plus vive image ; c'est le miroir qui vous réfléchit les bienfaits immenses d'Adonaï, Combien de mes enfants se sont prosternés devant Hélios, et lui ont rendu ce qui n'est dû qu'à Adonaï ; ils étaient plus pardonnables que ceux qui n'adorent ni l'un ni l'autre.

Hélios est le foyer d'un fluide immense infiniment actif et pénétrant, qui se propage dans l'espace avec une vitesse à laquelle rien ne peut être comparé. Ce fluide, c'est la *Lumière* ; je ne puis vous dire ce qu'elle est ; mais elle fait de moi tout ce qu'elle veut ; elle me change en eau, elle me change en air, elle me rend visible ou invisible, dure ou molle, solide ou fluide, transparente ou opaque, légère ou pesante, selon qu'elle me pénétre et se réunit à moi, en plus ou moins grande quantité.

Si vous recevez ce fluide sur un verre qui par sa forme convexe le réunisse en faisceau, ce faisceau lumineux le traverse, et la plupart des substances sur lesquelles il agit éprouvent une chaleur extrême qui les dilate, leur fait occuper une espace incomparablement plus grand, et finit par les réduire à l'état de vapeur.

Si vous recevez ce même fluide sur un prisme de verre ou de cristal, ou sur un corps transparent qui le divise, vous voyez aussitôt trois couleurs bien distinctes qui par leur mélange réciproque produisent une infinité de nuances intermédiaires; mais toutes ces nuances se reduisent en définitif aux trois couleurs primitives *rouge, bleue* et *jaune*. La substance d'Hélios est donc composée de trois substances bien distinctes, le *rouge*, le *bleu* et le *jaune*, et ces trois substances n'en font qu'une, qui est la *lumière*.

C'est la substance d'Hélios qui donne la couleur et la consistance à tous les objets, et cette consistance dépend de la quantité relative que chaque objet contient de ma substance qui est blanche, et de celle d'Hélios qui est de trois couleurs.

Un objet dans lequel je me trouve en quantité extrêmement petite, approche singulièrement, par ses propriétés, de la lumière; il est extrêmement fluide, on ne peut le toucher ni le saisir, il est prodigieusement élastique, si transparent qu'il en est invisible.... C'est de l'*air*.

Si la substance d'Hélios qui tient l'objet ci-dessus à l'état d'air, vient à diminuer en lui, ce même objet conserve sa fluidité; mais il n'est plus élastique, il est liquide, on peut le toucher, mais on ne peut pas le saisir, il est transparent et visible.... C'est de l'*eau*.

Si cette *eau* perd encore un peu de la substance d'Hélios, elle devient solide et dure comme une pierre, et ne conserve de toutes ses qualités primitives que la transparence.

Prenez une de ces pierres que vous appelez *calcaires*, propres à faire de la chaux; si vous la soumettez à un grand feu, vous en ferez sortir une certaine quantité d'eau, et le poids de la pierre aura diminué à peu près de moitié. Si vous soufflez cette eau dans la canne creuse dont on se sert pour faire le verre, après avoir cueilli avec cette canne la matière à verre rouge de feu, cette eau sera changée en air, car vous ne trouvez que de l'air dans la bouteille que vous venez de faire.

Il est donc bien clair qu'une substance très-dure et très-solide peut se changer successivement en eau et en air à mesure qu'on y ajoute une plus grande quantité de chaleur; or, cette chaleur n'est que le fluide émané d'Hélios.

Il est clair aussi qu'à mesure que ce fluide diminue dans un corps, ce corps passe successivement de l'état d'air et de vapeur à celui de liquide, et qu'il devient enfin un corps dur et solide, et d'autant plus dur que le fluide qui produit la chaleur s'y trouve en moindre quantité.

Les choses que je vous dis-là vous les voyez tous les jours sans y faire attention. Quelquefois, par un jour d'été, l'air étant chaud, et le ciel très-pur, vous voyez tout à coup se former un nuage, ce nuage vous donne de la pluie, et même de la grêle; il arrive même quelquefois que ce nuage produit des corps très-durs, de véritables pierres qui contiennent du fer. Certains lunatiques ont publié que ces pierres viennent de la lune; elles n'en viennent pas plus que la grêle.

Je vous ai dit, et le prisme vous démontre que la substance d'Hélios, la *lumière,* si vous voulez, est composée de trois substances qui n'en font qu'une, le *rouge*, le *bleu* et le *jaune*. Ces trois substances peuvent être séparées, mais elles ont les unes pour les autres une avidité si forte et si prodigieuse de se réunir, et de se fondre ensemble pour redevenir *lumière,* qu'il est extrêmement difficile de les obtenir séparément. C'est à cette avidité extrême qu'elles ont à se réunir entr'elles, et à l'avidité que j'ai moi-même à me réunir à chacune d'elles, et à leur ensemble, qu'est due la variété infinie que vous remarquez dans tous les corps que vous appelez naturels ; distinction qui n'est pas nécessaire, car tous les corps sont très-naturels ; il n'y a que les faux raisonnements et les mauvaises actions qui soient contre nature.

Le *rouge* est celui des trois principes qui a le plus de force et d'activité ; il prend tou-

jours le premier rang, lorsqu'ils se divisent,
et se montre supérieur et prédominant
lorsque tous les trois abondent dans un
objet quelconque. Le *rouge* est essentiellement le principe qui échauffe ; plus il se
trouve dans un objet, comparativement à
moi et aux deux autres principes, *jaune* et
bleu, plus l'objet s'aggrandit, plus il occupe
d'espace ; de solide il devient mou, et successivement liquide, et enfin il passe à l'état
de vapeur à mesure que le *rouge* s'y accumule en plus grande quantité ; voilà pourquoi le feu est rouge, et d'un rouge d'autant
plus vif, qu'il devient plus ardent.

Le *bleu* domine dans tous les objets qui
ont une teinte sombre ; la teinte devient
plus foncée à mesure qu'il y domine davantage, et finit par être d'un beau noir lorsque
le *bleu* s'y trouve en excès. C'est le *bleu* qui
donne de la consistance aux corps où il se
trouve ; il les rend, à mesure qu'il y domine,
de plus en plus pesants, visqueux, tenaces ;
et relativement à la saveur, il les rend, selon
que sa proportion augmente, doux, aigres,
et enfin d'une acidité brûlante. Il contient

toujours une grande quantité du principe *rouge*, et c'est lorsqu'il abandonne celui-ci pour passer à un état moins vaporeux, que le rouge devenu libre, produit chaleur et lumière, c'est-à-dire, du feu.

Le *jaune* est essentiellement léger et volatil, ce qui luï a mérité le nom d'*esprit*, aussi domine-t-il plus particulièrement dans les substances spiritueuses et inflammables; la plupart de ces substances sont, comme vous le savez, très-légères en général, et presque toujours d'un jaune plus ou moins foncé; par exemple, les huiles, le soufre, les résines, les feuilles sèches, etc. Elles se distinguent aussi par une saveur amère, et une odeur grave, spiritueuse, aromatique.

Si ma substance, qui est naturellement d'un blanc très-pur, s'empare d'une certaine quantité du principe *jaune*, je deviens alors extrémement avide du *bleu* et de toutes les substances où celui-ci domine, et notamment de l'air, de l'eau, et de toutes les liqueurs aigres ou acides où il est très-abondant. Dans cet état d'avidité extrême pour le *bleu*, et pour tout ce qui le contient en excès, on m'appelle substance *alkaline*. Cette avidité est si frappante, et a paru si singulière à beaucoup de gens, qu'ils ont supposé que j'étais formée de petites gaînes où le *bleu*, qu'ils ont nommé l'*acide*, s'introduisait sous la forme de petites lames très-pointues. Ces bonnes gens n'ont vu, dans ce monde, que des lames et des fourreaux, et ils n'ont pas vu la *lumière* qui leur crevait les yeux.

Isaac Newton ne la voyait pas bien non plus, lorsqu'il a dit que les corps n'étaient colorés que parce qu'ils avaient la propriété de renvoyer comme une balle de jeu de paume, tel ou tel rayon, et de garder les autres pour eux. Au lieu de trois couleurs primitives, il en a vu sept; mais qui ne voit que son indigo n'est qu'une nuance du *bleu*, que l'orangé n'est qu'un mélange de *jaune* et de *rouge*, que le vert n'est qu'un composé de *bleu* et de *jaune*, et le violet, un composé de *rouge* et de *bleu*; il n'y a pas de barbouilleur d'enseigne qui ne sache cela.

Les corps sont colorés, parce qu'ils contiennent en eux-mêmes les principes qui les colorent, et ces principes, ils les empruntent de la substance d'Hélios et de la mienne. L'air est bleu, parce que le *bleu* y domine; et ce *bleu* de l'air, en se combinant à toutes les substances qui en contiennent moins, et dans lesquelles le *jaune* et moi nous nous trouvons réunis, produit une multitude innombrable de nouveaux êtres qui participent par la nuance et les autres propriétés, de la proportion variable à l'infini des principes entre eux. Cette combinaison qui s'opère continuellement, se trouve singulièrement favorisée par la propriété échauffante et dilatante du principe *rouge* qui, en se distribuant partout, et cherchant toujours à se répandre également, se trouve toujours en plus ou en moins, et tient les corps aux différents états de fluidité ou de solidité.

Si vous prenez six parties de cet air bleu, que vous respirez et que vous appelez *atmosphère*, et que vous le mêliez à un autre air composé de ma substance unie à du *jaune*; si vous mettez ce mélange d'airs dans

une bouteille, et que vous y mettiez le feu,
il se fait une détonnation violente avec une
flamme vive, les deux airs n'existent plus,
et vous trouvez à leur place quelques gouttes
d'un liquide qui n'est autre chose que de
l'eau très-pure.

Voilà donc de l'eau formée avec deux
airs, et cette eau est composée comme toutes les eaux du monde, de six parties de
bleu, d'une partie de *jaune*, et d'une très-
petite partie de *blanche*. La flamme que
vous avez vue, est le principe *rouge* qui
tenait le *bleu*, le *jaune*, et moi-même à
l'état d'air, et qui est devenu libre, parce
qu'il ne nous en fallait pas autant pour nous
tenir à l'état d'eau ; la détonnation a été oc-
casionnée par le vide que nous avons laissé,
en passant de l'état d'air à celui d'eau, vide
rempli au même instant par l'air environnant.

Cette belle expérience s'exécute en grand
toutes les fois que vous voyez un éclair, et
que vous entendez un coup de tonnerre, et
la pluie ou la grêle qui tombe à verse immédiatement après, en est le résultat.

Il n'est donc pas étonnant que le fond de l'air vous paraisse azur, puisqu'il est composé, en très-grande partie, du principe *bleu*.

Vous devinez aussi pourquoi une grande masse d'eau, la mer, par exemple, vous paraît d'un bleu verdâtre; cela doit être, puisque le *bleu* et le *jaune* s'y trouvent réunis dans de grandes proportions. Lorsque cette masse d'eau est extrêmement divisée par l'air qui s'y interpose, comme dans l'écume, et la neige, le *bleu* et le *jaune* qui ne sont apparents que dans le fluide en grande masse, me laissent à découvert; voilà pourquoi l'écume et la neige sont d'une très-grande blancheur.

CHAPITRE VIII.

Les trois manières d'être.

JE suis entrée dans des détails de ménage qui paraîtront peut-être minutieux à bien des gens; mais la connaissance de ces détails était absolument nécessaire pour bien entendre ce qui m'est arrivé dans le cours de ma vie; et à tout prendre, ces détails en valent bien d'autres, que vous lisez dans beaucoup de romans.

Aussitôt qu'Hélios parut, et que la lumière fut faite, ma substance, que mon amour-propre avait réduite en boule, fut pénétrée de ce fluide immense; mais son action, prompte comme la pensée, ne fut pas la même partout; les parties de moi-même, qui étaient plus près de mon centre, plus sensibles à l'amour-propre, se resserrèrent sur elles-mêmes, et il en résulta un noyau très-dur, mais qui l'était de moins en moins en allant de mon centre à ma surface. Les parties de moi-même où ma propre substance se trouva en moindre quantité que celle d'Hélios, prirent un caractère tout différent ; les moins éloignées de mon centre furent liquides; les plus éloignées au-dessus de celles-là, furent toujours de plus en plus fluides et légères à mesure qu'elles étaient plus éloignées de mon centre; ensorte que le dernier terme de cette diminution finit dans l'espace par un fluide si léger, qu'il se confond avec la lumière dont je suis entourée.

Me voilà donc, comme beaucoup de gens, avec un cœur très-dur, mais avec une surface très-mobile, très-légère, et susceptible de recevoir toutes les impressions de mon époux qui, me rend plus féconde le jour que la nuit; mais vous voyez bien que cette division du jour et de la nuit n'est pour moi qu'une manière de parler; comme je ne fais que pirouetter continuellement autour de mon époux, il est jour pour la moitié de moi-même, qui se trouve tournée de son côté; il est nuit pour l'autre moitié, qui ne le voit point; mais du reste, chacune à son tour, c'est la loi qui me gouverne.

D'après la disposition qui se fit en moi tout naturellement, aussitôt que la substance d'Hélios me pénétra, vous voyez que je devins composée de trois genres de substances bien distinctes, et bien faciles à reconnaître.

Le premier genre vers mon centre, composé en très-grande partie de ma propre substance, fut solide et d'autant plus dur, qu'il était plus près de mon centre, d'autant plus mou qu'il s'en éloignait.

Le second genre, placé au-dessus, et tout autour du premier, contenant une plus grande quantité de la substance d'Hélios que de la mienne, prit le caractère de la substance qui y dominait; ses parties jouirent d'une grande mobilité; mais la portion de moi-même qui s'y trouvait engagée lui donnant une certaine consistance, son état fut celui que vous appelez liquide; et pour m'expliquer plus clairement, cette substance fut tout simplement de l'eau. Vous savez qu'elle est si mobile que vous pouvez la toucher, mais que vous ne pouvez la saisir; elle pénètre et s'insinue presque partout, mais avec infiniment moins de promptitude et de facilité que la lumière; elle est transparente comme elle, mais elle est palpable. Voilà son état le plus ordinaire; mais pour peu que la partie échauffante d'Hélios l'abandonne, sa mobilité disparaît; la partie de moi-même qui s'y trouve, se montre à nud; voilà pourquoi elle devient alors d'une blancheur éclatante.

La troisième substance qui m'enveloppait, contenant encore moins de ma propre substance, fut plus fluide et plus légère que la précédente qu'elle recouvrait, et sa légèreté, sa transparence, sa mobilité qu'elle tenait de la substance d'Hélios, allaient toujours en augmentant à mesure qu'elle était plus éloignée de mon centre. Celle-ci n'est ni visible ni palpable, elle est prodigieusement élastique, mais infiniment moins que la lumière; quoiqu'on ne puisse pas la toucher, on éprouve quelquefois de sa part une impulsion très-violente; c'est elle qui fait tourner vos moulins à vent, et qui enfle les voiles de votre navire pour vous porter dans l'Inde ou à la Chine; vous en portez vous-même, mon cher lecteur, à-peu-près la valeur de trois cents quintaux sans vous en douter; vous en avalez plusieurs bouteilles à chaque minute, sans que cela vous incommode; c'est le *bleu* qu'elle tient en abondance qui vous fait vivre; et ce *bleu,* en s'incorporant à vous, dégage une grande quantité de principe *rouge* qui vous échauffe et colore vos joues.

CHAPITRE IX.

Amitié.

JE vous ai parlé d'une petite sœur qui rode toujours autour de moi. Le sentiment que j'éprouve pour elle, et qui est réciproque, diffère beaucoup de celui que nous avons l'une et l'autre pour Hélios. Rivales sans jalousie, nous vivons, depuis que nous nous connaissons, dans une intelligence parfaite, et dont on voit très-peu d'exemples parmi les personnes de notre sexe.

Notre amitié, qui date de fort loin, est en nous l'effet de la réflexion; c'est un sentiment dont les mouvements sont très-réguliers, et dont les effets peuvent être calculés à une minute près, comme il vous est aisé de vous en convaincre dans tous les almanachs : l'amour, dont les mouvements sont très-irréguliers lorsqu'il est violent, prend aussi le même caractère lorsque différentes causes le rendent plus calme ; il dégénère alors en habitude , et vous avez peut-être remarqué parmi les personnes de votre connaissance, de ces relations d'amitié, qui furent autrefois de l'amour, dont il vous serait facile de calculer les résultats presqu'à la minute, et de les présenter même dans un almanach.

Comme je suis plus grosse que ma sœur, j'ai acquis sur elle une très-grande prépondérance ; elle se tient toujours à une distance respectueuse ; elle me suit et me devance tour à tour, ou se trouve à côté de moi, dans ma course annuelle autour d'Hélios. Deux sentiments la dirigent dans tous ses mouvements, son amour pour Hélios et son amitié pour moi. Dans les moments où, placée à l'opposite d'Hélios, elle s'en trouve le plus éloignée, je jouis alors de toute son amitié ; je vois en entier sa figure, elle ne paraît s'occuper que de moi. Le contraire arrive, lorsque, placée du côté d'Hélios, elle s'en trouve plus rapprochée ; toute entière à l'amour, elle disparaît pour l'amitié. Entre ces deux phases extrêmes d'amour et d'amitié, il en existe d'intermédiaires pendant lesquelles je ne vois sa figure qu'au tiers, au quart, à moitié. Tels sont les effets naturels de l'amour et de l'amitié combinés ensemble, et tout cela se passe dans un mois, révolution périodique qui appartient en général aux personnes de notre sexe.

Ma sœur a l'attention délicate, dans ses mouvements autour de moi, de se placer de manière à ne pas m'intercepter la vue d'Hélios ; si cela lui arrive quelquefois, c'est involontairement et par la force des circonstances ; alors cette pauvre sœur a l'air d'être en deuil de la peine qu'elle me cause, et elle s'empresse de me rendre la vue de mon époux, dont elle ne me prive jamais en totalité.

Je lui cause aussi quelquefois le même chagrin, et comme je suis plus grosse qu'elle, cela dure davantage, et je l'éclipse tout-à-fait ; mais loin d'en tirer vanité, comme la plupart des femmes en pareil cas, je regarde comme un événement très-malheureux le triomphe que j'obtiens sur ma sœur, et l'amour ne me fait jamais oublier les devoirs de l'amitié.

Des personnes qui s'amusent à nous épier, ont prétendu que c'est lorsque nous faisons des nœuds, ma sœur et moi, que l'amour nous rend coupables de ces torts réciproques.

L'opinion que ma sœur peut beaucoup sur moi est très-ancienne, et fortement enracinée; mais surtout dans les personnes qui vivent à la campagne; il en est beaucoup qui ne plantent leurs choux, et ne se coupent les ongles ou les cheveux, que selon que ma sœur cache sa figure ou n'en montre qu'une partie. Des gens qui se disent exempts de préjugés, et qui se moquent des choses qu'ils ignorent, c'est-à-dire, à peu près de tout, regardent cette opinion comme une sottise : ils ont tort, ma sœur a beaucoup de part à tout ce qui s'opère en moi, et à tout ce qui s'y est passé depuis que j'existe.

Ma sœur est, après mon époux, l'être le plus nécessaire à mon existence. Comme, d'après ma manière d'agir, il y a toujours une moitié de moi-même qui se trouve privée de la vue de mon époux, c'est alors ma sœur qui console cette moitié. Il est difficile d'exprimer le calme et la sérénité qu'elle y repand ; elle me prouve que l'amitié peut, jusqu'à un certain point, remplacer l'amour, et même apporter un doux remède à ses feux dévorants.

Des attentions si soutenues ne me trouvent point insensible. Aussitôt que ma sœur se trouve placée vis-à-vis une partie de ma surface, tout ce qui, dans cette partie, se trouve à l'état d'air ou d'eau, se porte spontanément vers elle, et paraît s'élever par un épanchement bien naturel. Ainsi l'amitié produit sur mon sein des effets que l'on attribue quelquefois à un sentiment tout différent ; et j'avoue que lorsque ma sœur et mon époux se rencontrent ensemble du même côté, mon sein s'élève alors d'une manière beaucoup plus marquée. Ce double effet de l'amour et de l'amitié est parfaitement connu de messieurs les officiers de marine.

CHAPITRE X.

Événements qui changent ma figure.

Je vous ai dit que dans le commencement j'étais une boule, dont la partie extérieure, qui était de l'*air*, recouvrait le tout : au-dessous de cet air était de l'*eau*, recouvrant le reste; et au-dessous de tout cela, ma partie solide, formant le noyau de la boule, d'autant plus dure qu'elle était plus près du centre, d'autant plus molle qu'elle en était éloignée.

À l'époque dont je vous parle, j'étais beaucoup plus rapprochée de mon époux que je ne le suis aujourd'hui, et, mon amour étant plus vif, et me donnant plus de force et de légèreté, je courais autour de lui avec plus de vitesse, et je tournais beaucoup plus rapidement sur moi-même. Dans cet heureux temps, les années passaient beaucoup plus vite, et étaient réellement plus courtes qu'à présent ; ceux qui vivent aujourd'hui 70 ans pouvaient aller, dans ce temps-là, à sept ou huit cents ans ; et tout le monde sait que l'un de mes enfants, nommé Mathusalem vécut au-delà de mille ans. Une femme de cent ans était alors dans la fleur de sa jeunesse ; c'était aussi la fleur de la mienne. Mais, que sais-je ? le temps ; la diminution de ma partie fluide, l'augmentation progressive de ma partie solide, et la dépouille mortelle de mes enfants, qui se dépose continuellement sur ma surface, tout concourt à me rendre moins active ; je m'aperçois que ma marche en est sensiblement retardée, et que dans ma course annuelle autour d'Hélios, il s'en faut toujours de quelque chose que je ne revienne au même point d'où j'étais partie. Si cela continue, les années deviendront des siècles, et l'on sera forcé de corriger très-souvent le calendrier grégorien.

A mesure que je me suis éloignée de mon époux, il m'a fallu décrire autour de lui des cercles plus grands ; ainsi, vous voyez que ma course annuelle, que je fais à présent en douze mois, a dû se faire dans un espace

de temps beaucoup plus court, lorsque je
me trouvais à une moindre distance de mon
époux; ce qui est très-conforme à ce que je
vous ai dit de la longévité de mes premiers
enfants; ils ne vivaient pas plus long-temps
qu'à présent, mais ils vivaient un plus grand
nombre d'années.

Cette tendance à m'éloigner de mon époux,
que je voudrais en vain me dissimuler, n'est
que trop vraie; quoiqu'elle ne s'opère qu'insensiblement; elle a produit sur moi, et elle
produit continuellement des changements
qui peuvent vous donner l'explication de ma
figure actuelle, bien différente de ce qu'elle
était dans ma première jeunesse.

Je n'ai pas fait un pas, en m'éloignant de
mon époux, sans que la quantité de sa substance, qui d'abord se trouvait extrêmement
abondante dans mon individu, n'ait diminué dans la même proportion. Il en est
résulté que ma partie solide et dure s'est
singulièrement augmentée, tandis que la
partie fluide, composée d'air et d'eau, a
diminué progressivement.

Cette diminution bien constatée de ma

partie fluide, et cette augmentation de ma partie solide, s'opèrent par un mécanisme bien simple. Ma partie fluide, comme je vous l'ai dit, se trouve composée d'une certaine quantité de ma propre substance, et d'une bien plus grande quantité de la substance de mon époux ; à mesure que je m'éloigne de lui, sa substance devenant plus rare autour de moi, la partie de ma propre substance, qui s'y trouvait unie et combinée à l'état d'air et d'eau, étant abandonnée, se porte vers mon centre, et va se réunir à ma partie solide, dont elle augmente perpétuellement la grosseur.

J'éprouve donc, en avançant en âge, ce qui arrive à tous mes enfants ; car, il est dans l'ordre des choses, que tout ce qui se passe en moi se retrouve en eux ; à mesure que je vieillis, ma chaleur diminue, ma partie fluide s'appauvrit, ma partie osseuse devient plus volumineuse et plus dure ; et tout cela prouve que mon histoire, comme celle de mes enfants, est de naître, grossir et s'eteindre : ce que vous appelez mourir.

CHAPITRE XI.

Je deviens bossue.

L'aveu que je vais faire doit apprendre à mes enfants qu'il est très-injuste de tourner en ridicule les défauts de conformation qu'ils remarquent dans leurs semblables; en voyant leur mère commune couverte de bosses ; ceux qui n'en ont pas doivent les respecter dans les autres, et ceux qui en portent doivent se consoler.

Pour peu que vous vous mêliez d'être ce qu'on appelle observateur, vous avez dû remarquer, mon cher lecteur, que la conformation de chaque individu prend le caractère de ses habitudes et de ses occupations journalières; il y a même des personnes qui ont assez de sagacité pour distinguer, au premier coup d'œil, un artisan d'un laboureur, un tailleur de pierre d'un savetier, un homme de plume d'un enfant de Mars.

La raison de cela est que tous les êtres vivants étant composés, ainsi que moi, de parties fluides et de parties solides, celles-ci ne prennent leur accroissement que par l'abandon que leur font les parties fluides de ma substance blanche qu'elles contiennent plus ou moins. Cette espèce de dépôt ou concrétion, se faisant peu à peu, et d'une manière insensible, prend la direction que lui donne la position habituelle de l'individu, et les mouvements qu'il réitère le plus.

Si vous voulez connaître maintenant, quelle est ma conformation, vous n'avez qu'à réfléchir sur mes occupations journalières, et sur les mouvements habituels qui ont lieu dans mon individu. Vous savez que depuis des milliers d'années je tourne régulièrement sur moi-même dans 24 heures, et cela pour procurer successivement à toutes mes parties le plaisir de voir mon époux et de participer à son influence. Cette occupation qui, par elle-même, est très-innocente a singulièrement changé ma forme primitive, qui était celle d'une boule parfaitement ronde; car la partie

molle qui occupait le dessus du noyau solide de cette boule, s'est portée d'elle-même
par l'effet du mouvement circulaire, vers
cette portion de ma surface qui, en tournant, décrivait le plus grand cercle; il en
est résulté, dans cette portion de ma surface, une enflure très-sensible; ainsi, au
lieu d'être comme une boule je me trouve
par l'événement avoir à peu près la forme
d'une pomme; la ressemblance est d'autant plus frappante que le même mouvement qui m'a faite un peu ventrue ma
donnée aussi quelques rugosités qui sillon-
nent ma surface.

Mais ce n'est pas tout : je vous ai dit que
la présence de ma sœur, vis-à-vis chacune
de mes parties, leur occasionne périodique-
ment deux fois par jour une palpitation
qui fait remonter ma partie fluide de plusieurs pieds. Cet effet prodigieux de l'amitié,
qui devient toujours plus grand lorsque
l'amour se met de la partie, entretient mon
enveloppe fluide dans un mouvement continuel que vous appelez flux et reflux, et
qui était incomparablement plus grand lors-

que ma partie liquide me couvrait toute entière. Ces allées et venues continuelles de ma partie liquide entraînant tour à tour la partie molle sur laquelle elle reposait, en a formé sur ma surface différents tas ou bosses plus ou moins allongées, et qui présentent des ramifications ; ce qui arrive toujours à une substance molle qui se trouve tourmentée par le mouvement d'un liquide.

Ma conformation ventrue et bossue pourra peut-être réfroidir un peu l'intérèt que l'on prend à moi ; quelques personnes du bon ton pourront peut-être en ressentir des maux de nerfs et laisser tomber le livre des mains : je dois les rassurer ; mes bosses ont en général un aspect très-majestueux ; il y a même des personnes d'une tournure d'esprit singulière qui ne me trouvent jamais plus imposante et plus belle que dans mes bosses ; et ce qui m'intéresse le plus, mon époux, loin d'en être dégoûté, paraît y fixer ses regards avec plus de complaisance ; car c'est autour de mes bosses qu'il me rend le plus féconde.

La raison de cela est facile à saisir : mes

bosses en général s'étendent dans le sens le plus favorable pour présenter à mon époux le plus grand dévelopement ; la lumière qu'il m'envoye réfléchie par ces plans inclinés s'y réunit en plus grande abondance, et comme c'est la lumière qui produit tout, c'est aussi autour de mes bosses et du côté qui est tourné vers mon époux, que mes productions acquièrent plus de vigueur, et se trouvent en masses plus épaisses et plus étendues.

Si vous êtes, mon cher lecteur, une de ces personnes qui prennent de l'intérêt à mes bosses, vous avez dû remarquer qu'elles se partagent sur ma surface en differents grouppes, que dans chacun de ces grouppes il y a toujours une bosse principale plus élevée que les autres, et que les plus grandes en général forment une traînée que vous pouvez suivre dans tous ses détours. De cette ligne principale il s'en détache d'autres à droite et à gauche, et toutes ces lignes de bosses vont toujours en diminuant graduellement de puis la ligne ou bosse principale jusqu'au bassin rempli d'eau qui les avoisine.

Mes protubérances, qui sont très-appa-
rentes pour quelqu'un qui me regarde de
près, sont à peine visibles quand on me
voit d'une certaine distance; ma sœur qui
n'est qu'à quatre-vingt mille lieues de moi,
où à une distance de trente fois mon épaisseur, les distingue à peine; elles lui parais-
sent tout au plus comme ces rugosités que
vous remarquez sur la peau d'une orange:
il y a cependant quelques-unes de ces bosses
qui ont plus d'une lieue de hauteur au-
dessus du niveau actuel de ma partie liquide.

CHAPITRE XII.

Histoire des figures.

Iʟ ne faut pas s'étonner, mon cher lecteur, si tant de gens dans ce monde cherchent à faire figure; c'est par la figure que l'on juge de tout, et vous allez voir que ce n'est pas sans raison, car la figure de chaque objet dépend de ce qui le compose.

Tout ce qui existe en moi se composant de ma substance, qui est simple, et de celle de mon époux qui est triple, tout corps doit avoir quatre faces ou côtés, pour le moins. Imaginez un rayon que mon époux lance vers moi; ce rayon composé de trois substances aura trois côtés formant une pyramide prodigieusement longue, mais sans base, et qui ne sera pour vous qu'un rayon lumineux; mais si une partie de moi-même est frappée par ce rayon, et lui sert de base, vous avez dès-lors un véritable corps formé de quatre côtés, en comptant celui de la base qui est moi, et qui, relativement à vous, est le seul qui puisse lui donner de la consistance.

Si la base de cette pyramide est extrêmement petite, comme il arrive dans cette substance que vous appelez de l'*air*, ou dans ses analogues que l'on a appelé très-élégament des *gaz*, la substance échappe à votre vue, à moins qu'elle ne soit en très-grande masse, comme l'athmosphère; elle n'est point palpable, mais elle est compressible, et vous sentez son ressort et sa répulsion quand elle est comprimée. Si le *bleu* y domine elle est de nature acide, si c'est le *jaune* elle est de nature inflammable, et d'autant plus légère, et dans ces deux cas elle prend la couleur de la substance qui domine.

Si la base de la pyramide a un peu plus d'étendue, elle devient visible, et forme ce que vous appelez un liquide, substance très-mobile dans ses parties, très-peu compressible, mouillant les corps où je domine, c'est-à-dire s'insinuant dans leurs pores par la sympathie qu'ont mes parties les unes pour les autres; ce liquide, par une légère augmentation de la substance de mon époux, s'élève dans l'air à l'état de vapeur; par la cause contraire, il devient solide, et forme dans l'air ce que vous appelez des flocons de neige. Si vous les examinez vous y trouvez effectivement de fort jolies étoiles composées de six petites pyramides, blanches comme moi, parce que j'y suis en évidence.

Vous appelez des sels toutes les substances qui, avec la blancheur, vous présentent des formes déterminées d'un certain nombre de côtés composant de petits cristaux qui se dissolvent dans l'eau ou dans votre bouche, et y impriment une saveur quelconque, aigre, douce, ou amère, chacune de ces trois saveurs pouvant se modifier à l'infini. Les petites étoiles qui composent la neige sont, tout bien considéré, le premier des sels, car elles réunissent toutes les qualités qui caractérisent les sels, et cependant c'est de l'eau très-pure qui les produit; c'est en eau qu'elles se résolvent; il y a donc dans l'eau une base qui se solidifie, et cette base c'est moi. C'est cette base qui donne des goîtres à ceux qui boivent de l'eau de neige ; c'est cette base qui produit tous les jolis cristaux solubles ou non solubles que vous trouvez dans les joints des roches qui composent vos montagnes ; c'est encore elle que vous retrouvez dans l'intérieur des tuyaux de conduite où vous faites couler les eaux des sources les plus pures.

La figure de chaque corps dépend de la quantité qu'il contient de ma substance et de celle de mon époux ; si ma substance domine, la base de la pyramide s'agrandit, et plusieurs de ces pyramides, appliquées les unes contre les autres, produisent de nouvelles figures dont les dimensions dépendent de la forme primitive des petites pyramides qui les composent. Dans le sel de cuisine, par exemple, que vous obtenez par l'évaporation de l'eau de la mer, ou que vous rencontrez en grandes masses dans mon sein, la figure ordinaire et constante, est un corps à six faces ou côtés, que vous appelez *cube*, formé de l'application par la base de quatre pyramides où je me trouve dans le rapport de la diagonale, tandis que les trois autres principes émanés de mon époux s'y trouvent également, dans le rapport des côtés du carré.

A l'aspect de la figure d'un corps cristallisé naturellement, vous pouvez juger de suite dans quelle quantité je m'y trouve, comparativement aux trois principes émanés de mon époux. Si ses côtés vous présentent des faces larges et tabulaires, et des angles très-obtus, vous pouvez inférer que je m'y trouve dans un très-grand rapport, ce qui vous est démontré d'ailleurs par la dureté de ces mêmes corps, par leur blancheur ou leur transparence lorsqu'ils se trouvent dans leur état de pureté primitif; tels sont les cristaux pierreux qui composent en général vos montagnes, et la croûte qui me recouvre. Tous ces matériaux se présenteraient à vous sous la forme de cristaux nets et très-bien prononcés, si l'agitation continuelle de la partie fluide dans laquelle ils furent formés n'avait détruit leurs angles, et ne les avait réduits, soit en poussière, soit en blocs diversement configurés, et composés.

Lorsqu'au contraire, un corps vous présente des angles très-aigus, des faces étroites, qu'il a peu de dureté, et qu'il se fond dans l'eau ou dans votre bouche, vous pouvez affirmer que je m'y trouve en bien moindre quantité que dans les précédents ; les principes émanés de mon époux se font reconnaître dans ces cristaux, soit par la saveur qui est acide, si le *bleu* est dominant, amère si c'est le *jaune,* ou douce si l'égalité règne entre nous.

Entre les corps cristallisés et les corps fluides comme l'eau et l'air, il y en a d'autres que je vous ferai connaître par la suite, quand je vous parlerai de mes enfants ; ceux-ci ont une dureté bien moindre que les corps cristallisés ; la substance de mon époux qui y domine et qui y est transmise par l'air et l'eau, dans lesquels ils prennent naissance, leur donne des formes sinueuses et ondulées qui tiennent le milieu entre les formes angulaires des cristaux durs, et l'état des fluides qui n'en ont aucune déterminée.

CHAPITRE XIII.

Histoire des Couleurs.

Tous les corps seraient blancs, transparents et extrêmement durs, s'ils n'étaient composés que de moi ; c'est la substance de mon époux qui les colore ; cette substance qui me pénètre est composée, comme je vous l'ai dit, de trois substances bien distinctes, *le rouge*, *le bleu et le jaune* qui, réunis ensemble et sans mélange, forment la lumière, fluide immense, subtil, pénétrant, dont l'action continuelle et prodigieuse sur moi, donne naissance à une multitude incalculable de nouveaux êtres diversement colorés, selon la proportion dans laquelle s'y trouvent les trois principes émanés de mon époux.

Si vous vous êtes amusé quelquefois comme tous les enfants, à délayer du savon

dans de l'eau, et à souffler cette eau avec une
paille pour en faire des bulles remplies d'air;
vous avez dû remarquer avec quelle promptitude les couleurs primitives, *rouge*, *bleue*
et *jaune* se succèdent à la surface de ces
bulles; l'air de l'athmosphère qui les environne, leur abandonne plus ou moins l'un
des trois principes, dont il est lui-même
composé, et ces bulles deviennent alors
l'image très-ressemblante de certaines personnes qui changent de couleur à tout
moment, suivant les impressions qu'elles
reçoivent.

C'est l'émission prodigieuse et continuelle
de la substance de mon époux sur ma surface, qui la rend diaprée de cette quantité
innombrable de nuances qui résultent des
modifications infinies qu'éprouvent les trois
couleurs primitives, *rouge*, *bleue et jaune*,
combinées avec la mienne, qui est *blanche*.

Prenez une lame d'acier bien polie, qui
est d'un blanc livide, soumettez-la graduellement à l'action du feu sur des charbons
ardents, l'air environnant qui se précipite sur
cette lame la fera passer successivement au

jaune, au *bleu*, au *rouge* et à toutes les nuances intermédiaires qui résultent du mélange de ces couleurs combinées ensemble.

Il ne faut pas dire que ces différentes couleurs proviennent d'un changement de situation que la chaleur occasionne dans les différentes parties de cette lame d'acier qui leur fait refléter la lumière de diverses manières.

Les changements de couleur qu'elle éprouve sont produits par une substance qui s'y incorpore, et qui lui est transmise par l'air environnant qui, lui-même, la reçoit de mon époux; cela est si vrai, que si vous pesez la lame d'acier avant et après sa coloration, vous trouvez qu'après celle-ci elle a augmenté de poids, et que cette augmentation est d'autant plus grande que la coloration a été plus forte.

Il reste donc indubitable que tous les corps qui existent à ma surface, doivent leurs couleurs à la quantité qu'ils contiennent de la substance de mon époux composée de *rouge*, de *bleu*, et de *jaune*, et que leur couleur dépend de celui de ces trois principes qui s'y trouve prédominant.

Pour vous donner de ce que j'avance un exemple palpable et familier, prenez un citron; l'épiderme ou peau extérieure est d'un beau jaune, et cela doit être, car c'est le principe *jaune* qui y prédomine; ce qui le prouve, c'est que la saveur en est amère, et que si vous en faites jaillir la liqueur à la chandelle, elle prend feu comme de l'air inflamable. La substance coriace qui se trouve au-dessous, et que vous appelez le zest, est très-blanche, sans saveur, et ne brûle pas, la raison en est simple; c'est moi blanche qui y prédomine. Ce que vous appelez le jus ou la pulpe du citron est aigre ou acide, éteint la chandelle au lieu de brûler, rend le papier bleuâtre et visqueux si vous l'y étendez, ce qui ne doit pas vous étonner, car c'est le principe *bleu* qui s'y trouve en excès. Si vous versez de cette liqueur aigre sur des violettes elles les rend rouges comme du corail, parce qu'alors les trois principes s'y trouvent en très-grande quantité.

Je viens de vous donner la clef des cou-

leurs, qui vous donne aussi celle des saveurs; mais ne vous y fiez pas, il arrive très-
souvent que les objets ne sont colorés qu'à
la surface, et alors vous sentez que vous
serez souvent très-attrapé, si vous jugez du
fond des choses sur l'apparence.

Nimium ne crede colori.

CHAPITRE XIV.

Jeux admirables de la substance tricolore.

Vous avez dû remarquer, mon cher lecteur, lorsque vous passez la main sur le dos de votre chat, par un temps froid et sec, que vous éprouvez à votre main un picottement assez vif, et que vous entendez un certain pétillement qui se fait à l'extrémité de tous les poils; si vous faites cette expérience dans l'obscurité, tout le dos de votre chat produira des étincelles très-vives; vous appelez cela de *l'électricité;* vous dites que tout cela est produit par le fluide *électrique,* et vous voilà content.

Mais ne vous endormez pas ainsi sur la science des mots, c'est un chevet très-soporifique, j'en conviens; on a dormi pendant des siècles sur les Cathégories d'Aristote; plus récemment encore, vous vous êtes endormi sur le principe vital; il est temps de se réveiller et de n'être plus la dupe des mots.

Les poils de votre chat, très-légers, très-inflammables, abondent en principe *jaune;* cela est si vrai que si vous les soumettez à l'alambic, vous en extrairez une huile très-jaune, comme de toutes les substances animales; le frottement exprimant en quelque sorte le *jaune* qui réside dans ces poils, le met en contact avec le *bleu* de l'air atmosphérique, et de leur réunion prompte et instantanée résulte le pétillement, et les étincelles que vous appelez de l'électricité.

Toutes les substances qui abondent en principe *jaune,* comme le souffre, les résines, le succin ou ambre jaune, le bois bien sec, la soie, et une infinité d'autres matières légères et inflammables, laissent échapper autour d'elles, aussitôt qu'on les frotte ou qu'on les chauffe légèrement, une grande quantité de principe *jaune* qui forme autour d'elles une espèce de tourbillon dans lequel le *bleu* de l'air se précipite avec force pour s'unir au *jaune,* et vous savez que de cette

réunion il résulte toujours chaleur et lumière, c'est-à-dire, du feu.

Si vous frottez avec force une plaque de
verre, ou si, après l'avoir équipée comme
une roue de rémouleur, vous la faites tourner rapidement entre des coussinets de
laine qui la pressent par ses bords, cette
plaque de verre, en tournant, enlève à l'air
environnant une grande quantité de son
principe *bleu* qui s'accumule sur les deux
surfaces de la plaque de verre, et y forme
une espèce de tourbillon invisible; si vous
en approchez votre doigt, le *bleu* s'y élance
avec force comme une aigrette bleuâtre, et
il s'introduit dans votre corps en vous donnant une légère commotion.

Voilà donc encore une espèce d'électricité, mais qui est bien différente de la première; l'une est produite par l'accumulation
du principe *jaune* autour des corps qui le
contiennent avec excès par la chaleur ou le
frottement qui l'en expriment; l'autre est
produite par le principe *bleu* soutiré de l'air
environnant par un corps poli où je do-

mine ; et qui n'admet dans son intérieur ni l'un ni l'autre.

Une particularité bien singulière, c'est que le principe *jaune* et le principe *bleu*, qui ont une tendance prodigieuse à se réunir quand ils sont tous les deux à l'état d'air, ou extrêmement raréfiés par le principe *rouge* qui les pénètre, refusent de se mêler et de se réunir quand ils sont dans un état palpable ; ainsi, l'huile, le souffre, les bitumes, la graisse, etc., qui abondent en principe *jaune*, refusent de se mêler avec le *bleu* dans l'état électrique, et avec l'eau, qui en contient une grande quantité.

Les corps riches en *jaune*, ou ceux dans lesquels je domine, se nomment *isolateurs*, parce que, refusant de s'unir au principe *bleu*, un corps électrisé en bleu n'en perdra pas un atôme quand il sera placé sur ces corps isolateurs ; mais si au contraire vous présentez à un corps électrisé en *bleu* un autre corps où le bleu se trouve en quantité suffisante, le bleu électrique s'y élance avec force, et le coup devient terrible, si la charge est forte, et si le corps foudroyé se trouve placé sur un corps isolateur.

Dieu vous préserve, mon cher lecteur, d'une décharge de ce *bleu* électrique; c'est tout simplement ce que vous appelez la foudre. Ce *bleu* si bienfaisant, qui donne la vie à tout ce qui existe par sa réunion insensible et continuelle avec le principe *jaune*, devient, quand il agit en masse, un feu terrible et dévorateur qui fond les métaux, pulvérise la plupart des corps, et frappe de mort tout ce qui a vie.

Lorsque par un jour d'été vous voyez flotter sur votre tête un nuage noir, ou plutôt bleu foncé, tâchez de vous envelopper de substances riches en principe *jaune*, comme les résines, la soie; ou bien, placez-vous sous une cloche de verre. Vous avez encore un moyen de vous préserver, c'est de fixer au-dessus de votre habitation, des aiguilles de fer qui soutireront insensiblement le *bleu* électrique et le conduiront dans votre puits par le moyen d'un fil de métal qui y communiquera.

Si vous présentez sur un plateau de verre

à des petits corps électrisés en *bleu* d'autres petits corps électrisés en *jaune*, vous les verrez s'attirer réciproquement; et si ces corps ont la figure de marmousets, vous vous procurerez le spectacle amusant d'une danse de corps inanimés qui seront mûs par le même principe qui fait mouvoir tous les corps vivants.

CHAPITRE XV.

Spectacles charmants que l'on voit gratis.

Mon cher lecteur, c'est une très-bonne habitude que de se lever matin ; outre l'avantage que l'on y trouve pour la santé, on a le plaisir d'assister au lever de mon époux, et de le voir dans toute sa magnificence. Long-temps avant qu'il apparaisse, voyez du côté de l'orient, cette teinte blanche que vous appelez l'*aube du jour ;* c'est ma substance répandue dans l'atmosphère qui vous annonce et vous réfléchit les rayons de mon époux ; bientôt à cette blancheur succède le bleu céleste dont la teinte devient plus vive à mesure que le jour augmente ; le jaune clair lui succède, et par des nuances admirables, passe à l'orangé, au rouge, et enfin au pourpre le plus vif ; l'orient vous paraît tout en feu, lorsque mon époux se lui-même, et lance la lumière par torrents, qui comblent de joie tout ce qui a le sentiment de l'existence.

C'est pour vous, mon cher lecteur, que cette gradation de la lumière a été si bien ménagée : je commence par y accoutumer l'organe délicat de votre vue, et les principes *bleu*, *jaune* et *rouge*, par une infinité de transitions admirables, disposent vos yeux à recevoir l'impression de mon époux, qui vous aveuglerait si son vif éclat succédait trop brusquement à la profonde nuit.

Ce *bleu*, ce *jaune* et ce *rouge*, qui se succèdent avec tant de ménagement lorsque leur présence simultanée pourrait vous blesser, n'hésitent pas à se montrer à vous séparément dans cet arc céleste qui vient vous rassurer après l'orage lorsqu'il gronde encore dans le lointain. Cette trinité de principes devient alors manifeste, c'est le signe de l'alliance ; à son aspect tout reprend à ma surface le calme, la fraîcheur et l'espérance.

Cet arc miraculeux reparaît encore dans l'émail de vos prairies, lorsqu'elles sont hu-

mides de rosée à l'aspect du soleil levant.
Vous le revoyez aussi formant un anneau
céleste autour de ma sœur, lorsque sa figure
voilée vous annonce une pluie bienfaisante.

Quelquefois par une nuit obscure, le *bleu*
et le *jaune*, répandus inégalement dans
l'atmosphère, s'élancent des différents points
de l'horizon pour se réunir. Le *bleu* qui
abonde autour de mes régions froides où l'air
se trouve plus condensé, se projette dans
l'espace pour rechercher le *jaune* qui prédomine au-dessus des régions chaudes ou
tempérées. Ces divers élancements, et ces
réunions, vous donnent souvent à Paris,
vers les dix heures du soir, le spectacle d'un
embrâsement universel dont le foyer n'existe
nulle part.

Ne cherchez point d'autre cause à ces
feux brillants, à ces traînées de lumière
qui frappent vos yeux dans des nuits calmes
et silencieuses ; c'est toujours le *jaune* et le
bleu qui devenus surabondants dans différentes parties de l'air qui vous environne, se
réunissent avec dégagement de lumière.
Souvent le résultat de ces prétendues étoiles

tombantes est une masse sulfureuse et brûlante ; quelquefois ce sont de véritables
pierres ferrugineuses qui résultent de ces
explosions aériennes.

Ces feux follets que vous voyez s'élancer
des eaux stagnantes ou bitumineuses, ceux
qui parcourent pendant la nuit ces lieux où
sont entassées les dépouilles mortelles de mes
enfants, c'est toujours le dégagement du
principe *jaune* s'unissant au *bleu* de l'atmosphère qui les produit. C'est encore cette
réunion sur une grande étendue qui vous
donne dans les zones torrides le spectacle
d'une mer agitée et étincelante.

Je ne finirais pas si je voulais décrire les
spectacles merveilleux que les différentes
combinaisons du *bleu* et du *jaune*, mis en
jeu par le *rouge*, produisent continuellement sur la rotondité de ma surface. Votre
opéra, vos fantasmagories, et tous ces spectacles dont vous faites tant d'étalage dans
les feuilletons de vos journaux, ne sont que
des niaiseries en comparaison. Il n'y a pas
de misérable paysan qui n'ait le plaisir, sans
qu'il lui en coûte un sou, de voir des choses

mille fois plus belles et plus imposantes que ces sottises que vous allez admirer tous les soirs entre quatre murailles, à la pâle lueur de vos quinquets mal-sains, et en aspirant tous les miasmes de la corruption physique et morale.

CHAPITRE XVI.

Différents moyens de se procurer du feu.

Je vous ai dit qu'en présentant à la lumière, qui vient de mon époux, un verre qui par sa forme bombée ou convexe en rassemble plusieurs rayons sur un point, il se produit sur ce point une grande clarté, et une chaleur qui met en feu tout ce qu'on y expose d'inflammable.

Le feu n'est donc que la substance de mon époux un peu plus concentrée qu'à l'ordinaire, et dans cet état, elle peut produire beaucoup de bien ou beaucoup de mal. Elle produit du bien quand elle vous échauffe, quand elle cuit vos aliments, quand vous l'appliquez à différentes substances auxquelles vous faites prendre par son moyen des formes et des couleurs qui les rendent plus propres à votre usage ; mais cette substance si bienfaisante devient terrible, et dévore tout lorsque rien n'arrête ses progrès effrayants.

Si dans un point quelconque de ma surface il se rencontre un amas de substances riches en principe *jaune*, comme bitumes, huiles, soufre, liqueurs spiritueuses, dépouilles sèches d'animaux ou de végétaux, il ne faut alors qu'une étincelle pour déterminer le *bleu* de l'air environnant à s'y précipiter par torrents pour s'unir au *jaune* contenu dans ces matières, et que la chaleur met dans un état d'expansion. De leur avidité prodigieuse à se réunir, résultent ces vastes pyramides de lumière qui s'élancent vers le ciel d'où elles étaient primitivement descendues. Dans ces pyramides lumineuses où les trois principes *bleu*, *jaune* et *rouge* se trouvent réunis, vous pouvez les distinguer quelquefois séparément selon le degré d'abondance et d'intensité de chacun d'eux. Ainsi, dans la flamme d'une bougie, si vous examinez l'anneau inférieur, vous le trouvez d'un beau bleu parce que c'est effectivement par là que le *bleu* de l'air environnant se précipite ; le centre de la flamme vous paraît

rouge parce que les trois principes y do-
minent, et sont concentrés, et vous savez
qu'alors c'est le *rouge* qui devient dominant. C'est en variant les substances plus ou
moins riches, en *bleu* ou en *jaune*, dans les
feux d'artifice, que l'on parvient à obtenir
des flammes dont les nuances sont diversifiées à l'infini.

Tout embrasement étant produit par l'af-
fluence du *bleu* que fournit l'air environnant, il s'éteint nécessairement aussitôt que
les substances qui brûlent n'ont plus de
communication avec l'air. Si vous placez
une chandelle allumée sous un bocal de
verre, vous la voyez s'éteindre aussitôt
qu'elle a absorbé le *bleu* de l'air contenu
dans le bocal. Si le feu prend à votre cheminée, vous l'éteignez infailliblement si
vous bouchez exactement les orifices supérieur et inférieur de votre cheminée. Quand
vous jetez de l'eau sur le feu elle l'éteint,
si son abondance parvient à couvrir tellement la matière enflammée, qu'elle n'ait
plus de contact avec l'air ; mais si cette eau
arrive en petite quantité, la chaleur la va-

porise, et la change en véritable air qui ne fait que rendre la combustion plus forte et plus dévelopée. C'est pour cela que dans les forges on asperge d'eau les charbons allumés, et le feu n'en devient que plus ardent.

Si vous frottez avec force l'un contre l'autre deux corps durs, dont l'un soit riche en principe *jaune*, comme le fer, le bois sec, etc.; le principe *jaune* exprimé et développé par la percussion ou le frottement se combine rapidement avec le *bleu* de l'air environnant; voilà pourquoi votre briquet donne des étincelles, voilà aussi pourquoi le feu prend à l'essieu de votre voiture lorsqu'elle roule fort vite.

Lorsque vous plongez une allumette chargée de phosphore, substance riche en principe *jaune* dans une liqueur acide, riche en principe *bleu*, le feu se développe rapidement de leur combinaison, aussitôt que le contact de l'air les vaporise.

Si vous chassez avec force, dans un tube de métal fermé par un bout, la colonne d'air qui s'y trouve, et si vous la comprimez brusquement au moyen d'un piston, la substance de mon époux contenue dans cette colonne d'air, étant forcée de m'abandonner par la pression redevient lumière, et enflamme l'amadoue que vous avez mis au fond du tube de métal.

La même chose arrive lorsque vous entassez du foin mouillé dans votre grenier; l'eau de ce foin vaporisée par la chaleur devient air; et cet air ne trouvant point d'issue, et se trouvant fortement condensé redevient *lumière*, laquelle embrase votre meule de foin.

Si vous voulez examiner quels sont les produits d'un feu que vous allumez avec des matières combustibles, vous trouverez d'abord de l'air, ensuite de la fumée qui n'est autre chose que de l'eau en vapeur, et enfin de la cendre, dernier résultat dans lequel ma substance est très-abondante. La substance de mon époux qui se trouvait avec moi dans le corps brûlé, m'a abandonnée en très-grande partie dans le moment de la combustion, pour passer aux différents états de lumière, d'air et d'eau.

Tous les phénomènes qui ont lieu sur ma

rotondité se réduisent à ce que je viens de vous expliquer, c'est-à-dire, à une tendance continuelle des principes *rouge*, *bleu* et *jaune*, à se réunir pour m'abandonner, et redevenir lumière.

Je serais donc bien malheureuse si mon époux n'envoyait continuellement sur moi une quantité prodigieuse de sa substance, car je ne puis produire le moindre petit être, il ne peut s'opérer sur moi la moindre petite combustion, qu'elle ne m'enlève une portion de la substance de mon époux.

CHAPITRE XVII.

Comment il se fait que je deviens Mère.

J'AI eu l'honneur de vous dire que par moi-même, et abandonnée à moi seule, je suis incapable de rien produire, c'est la substance de mon époux qui me rend féconde, et voici comment :

L'eau dont je suis entourée, et qui baigne ma surface est composée, comme je vous l'ai dit, d'une certaine quantité de *bleu* d'une plus petite quantité de *jaune*, et enfin d'une bien plus petite quantité de moi-même, qui se trouve noyée dans ce liquide, mais qui cependant suffit pour le rendre visible, et palpable pour vous.

Si une portion de cette eau se trouve en contact avec une matière quelconque, qui lui enlève une partie du principe *bleu*, dèslors cette portion d'eau change de nature, le *jaune* y devient prédominant, et elle cherche à reprendre à l'air ou à l'eau qui l'environne le *bleu* qui lui a été soustrait. Il s'établit donc un mouvement dans ce nouvel être, et ce mouvement doit durer tout autant que le *jaune* s'y trouve en plus grande quantité relative, que dans l'air ou dans l'eau dans lesquels il se trouve plongé.

Vous voyez aisément que plus le nouvel être dont je vous parle sera riche en principe *jaune,* plus il aura d'aptitude à enlever à l'eau ou à l'air qui l'environnent le *bleu* qui lui manque, plus son mouvement sera vif et accéléré.

Pour vous rendre ceci plus sensible, imaginez qu'une goutte d'eau tombe sur la surface d'une pierre calcaire, elle s'y étend, et aussitôt la substance calcaire plus riche en principe *jaune,* lui enlève une partie du *bleu* qu'elle a en plus. Dès ce moment la goutte d'eau change de nature; les parties de blanche qu'elle contient se rapprochent à mesure que le *bleu* en est soutiré; le nouveau corps épaissi par cela même, et devenu blanchâtre ou verdâtre par la prédominance de ma substance, ou de celle du *jaune* sur le *bleu*, cherche à attirer le *bleu* de l'air environnant ou de l'eau qui le baigne. Ce *bleu* en s'y fixant dégage un certain dégré de chaleur qui dilate cette nouvelle substance, et calibre, en raison de son intensité, sa forme tubulée ou vasculaire.

Ce nouveau corps tubulé, fléxible, et blanchâtre ou verdâtre, est un véritable végétal, se pénétrant d'eau comme l'éponge, et présentant tous les rudiments d'un corps organisé.

Si ce fucus ou ce champignon, par l'état hygrométrique de l'air, se trouve desséché; c'est-à-dire, si l'air qui l'environne étant plus sec, lui enlève l'eau qui le pénètre, vous le voyez alors à la surface de la pierre sous la forme de protubérosités jaunâtres. Cette couleur vous annonce qu'il est apte à enlever encore à l'air ou à l'eau le principe *bleu* qu'il a en moins, et en effet, si une nouvelle goutte d'eau se met en contact avec lui, la même opération recommence, et peu à peu, ce fucus, en absorbant de l'eau, s'élève, et croît à la manière des stalagmites, par une infinité de petits tuyaux où ma substance blanche, concrétée successivement, acquiert une certaine solidité qui se trouve moyenne entre celle des corps bruts que vous appelez minéraux, et l'état purement fluide de l'eau.

Vous appelez organiques ou organisés, tous les corps qui vous présentent ce mouvement par lequel ils absorbent le *bleu* de l'eau ou de l'air, et vous les avez divisés en deux grandes classes que vous appelez végétaux et animaux. Apprenez, mon cher lecteur, qu'Adonaï ne connaît point de classes ; que la substance de mon époux, combinée avec la mienne par sa toute-puissance, peut produire, et produit continuellement une quantité prodigieuse et incalculable d'individus qui ont des propriétés différentes, et diversifiées à l'infini, selon les doses infiniment variables qu'ils contiennent de ma substance *blanche*, et des trois principes *rouge*, *bleu* et *jaune*, qui constituent la substance de mon époux.

Un corps où je me trouverais exclusivement, s'il pouvait exister, serait extrêmement brut; ce serait le dernier dans la classe des corps inertes, que vous appelez minéraux.

Un corps dans lequel la substance de mon époux se trouve pure et sans mélange, est infiniment mobile et doué au suprême degré d'action et de vitalité, c'est la *lumière.*

Entre ces deux extrêmes se trouve l'échelle infinie des corps composés de ma substance et de celle de mon époux, qui ont respectivement d'autant plus de mouvement et de vitalité, qu'ils contiennent une plus grande quantité relative de la substance de mon époux.

Vous me direz, d'après cela, que l'eau et l'air dans lesquels la substance de mon époux domine, devraient être doués d'un grand mouvement, et d'une grande vitalité.... Pour vous en convaincre, mon cher lecteur, regardez une goutte d'eau avec une bonne loupe, quelle foule d'êtres n'y apercevez-vous pas se mouvant avec une vitesse extrême; et si cette goutte d'eau est tant soit peu décomposée et que le principe jaune y devienne prédominant, ce mouvement vous paraîtra prodigieux. Il en serait de même de l'air s'il vous était possible de le soumettre à vos expériences microscopiques.

Le mouvement et la vitalité s'établirent donc sur ma surface ronde dès l'instant que la substance de mon époux me pénétra. Dans la partie la plus rapprochée de mon centre, où la substance de mon époux pénétrait à peine, je fis des cristaux très-durs, très-blancs, très-transparents. Un peu plus haut, en remontant vers ma surface, dans le liquide qui m'environnait, les rudiments des corps organisés se développèrent, des végétaux très-informes mêlèrent leurs dépouilles aux cristaux blancs; et vous les apercevez encore en parties colorées et ferrugineuses dans les granits, les gneiss, les traps, les porphires, etc.

L'organisation se développant de plus en plus dans la masse liquide, je produisais ces végétaux grandioses que vous remarquez dans les mers équatoriales, et qui viennent entraver votre vaisseau dans des parages où la sonde ne trouve pas de fond.

Les amas de tous ces végétaux se deposèrent par couches sur ma surface et autour de mes bosses, mais en bien plus grande quantité et en couches plus puissantes sur les flancs de ces bosses, qui prenaient habituellement et plus directement l'aspect de mon époux.

Vous retrouvez toutes ces couches végétales dans les *schistes*, les *ardoises*, les *charbons de terre*, etc., qui reposent immédiatement sur les matériaux granitiques et primitifs.

Toutes ces dépouilles, déposées lentement par le fluide qui les tenait suspendues, lui enlevaient, comme le démontre leur couleur, une partie du *bleu* dont il était pourvu, et par cela même, rendaient ce fluide plus apte à produire des êtres d'une organisation plus parfaite, et d'une plus grande vitalité.

Les premiers animaux parurent, et vous pensez bien que leur organisation ne fut qu'une transition insensible avec celle des derniers végétaux produits. Les coraux, millepores, madrépores, etc., peuvent vous en donner une idée.

Les dépouilles de ces nouveaux êtres qui se déposèrent sur celles des végétaux, et qui quelquefois alternèrent avec ces dernières, formèrent sur ma surface un second manteau dont l'épaisseur dépendit des différents parages plus ou moins abrités, et exposés aux rayons de mon époux.

Ces dernières couches, que vous appelez *calcaires*, furent encore augmentées par le dépôt continuel de ma substance blanche que les fluides qui m'environnaient laissaient échapper à mesure qu'en m'éloignant de mon époux je voyais sa substance, et par conséquent ces mêmes fluides diminuer autour de moi.

Enfin, la diminution de ces fluides, et notamment de l'eau, fut si grande, soit par mon éloignement progressif de mon époux, soit par ma prodigieuse fécondité, que le sommet de mes bosses les plus élevées fut mis à découvert. Mais ici s'ouvre une scène toute nouvelle, que je réserve pour le chapitre suivant.

CHAPITRE XVIII.

Coup d'œil historique sur mes enfants.

Je vous ai fait l'histoire de mon plus beau temps, celui de ma jeunesse; j'étais alors très-près de mon époux; l'eau me couvrait toute entière, et ma fécondité était prodigieuse. Vous en voyez les preuves incontestables dans ces couches énormes de dépouilles végétales et animales qui me recouvrent, et dont vous ne pouvez trouver le fond dans ces petites égratignures que vous faites sur ma peau.

Je serais fort embarrassée de vous dire combien de temps cet état de choses dura; quelques siècles, quelques années, quelques jours, tout cela est égal pour Adonaï : sa montre ne marque ni les heures, ni les minutes.

La masse liquide qui m'environnait di-

minuant progressivement, soit par ma fécondité qui avait lieu à ses dépens, puisque
les corps organisés venus uniquement de
l'eau laissaient des dépouilles solides, soit
par ma tendance malheureuse à m'éloigner
de mon époux; il arriva qu'un beau jour le
sommet de mes bosses les plus élevées fut
mis à découvert.

Ainsi, comme Vénus, je sortis de l'écume
de la mer. Vous voyez que les anciens, qui
ont inventé cette jolie fable, savaient quelque chose de la vérité..... La seule différence,
c'est que Vénus parut sur une coquille, et
que j'en avais des tas énormes sur ma peau.

Les sommets de mes premières bosses qui
parurent furent long-temps battus par les
flots tumultueux de ce vaste Océan qui les
environnait. Sa masse étant beaucoup plus
considérable qu'aujourd'hui, vous sentez
que ces allées et venues, que vous appelez
flux et reflux étaient incomparablement
plus grandes. Les ouragans d'à présent ne
sont que des zéphirs en comparaison des
vents de ce temps-là; et l'évaporation des
eaux, suivant la même proportion, produi-

sait des averses, ou plutôt des torrents sur ces premiers sommets découverts.

Par toutes ces causes, ces premiers sommets furent dépouillés de leur écorce; il se forma sur leurs flancs, déjà sinueux par leur première formation de grandes excoriations ; les cîmes et les arrêtes devinrent aiguës, et bizarrement configurées.

Les débris du granit, ceux des dépouilles végétales et animales entraînés par les torrents dans les couloirs qui se trouvaient entre les différents rameaux de mes bosses, s'amoncelèrent dans ces couloirs; là, repoussés et brassés par les eaux de l'Océan, ils y formèrent des digues, et ces digues des réservoirs, dont plusieurs existent encore; mais le plus grand nombre s'est écoulé en rompant sa digue, et la rupture est manifeste.

Vous devinez bien, mon cher lecteur, que tous ces matériaux qui coulaient le long de mes bosses, formèrent par leurs mélanges infinis de nouveaux corps, dont M. l'abbé Haüi vous a donné une nomenclature très-savante, mais qui est bien loin de contenir tous ceux qui existent, qui

ont existé, ou qui se forment journelle-
ment.

L'eau en se mêlant, et en s'insinuant dans
les dépôts végétaux et animaux, et en leur
cédant tour à tour son *bleu* ou son *jaune*, a
produit de nouveaux êtres que vous appelez
*minerais, bitumes, sels, pyrites ou sul-
fures, etc.* Je dois cependant vous faire
observer relativement à ces derniers (*les pyrites*), que la grande quantité que vous en
trouvez sur ma surface, comme aussi du fer
qui y est si abondant, provient en partie de
ces pierres prétendues tombées du ciel; phénomène qui était beaucoup plus fréquent
dans ma jeunesse.

D'un autre côté ma substance blanche,
abandonnée par l'eau, a produit ces jolis
cristaux qui ornent vos doigts, ceux dont
vous faites des vases précieux, ceux enfin
dont vous faites des collections si variées. Le
rouge, le *bleu* et le *jaune* qui ne m'y ont
point encore entièrement délaissée, y font
briller leurs nuances les plus vives. Les plus
durs sont une transudation de mes matériaux primitifs, et les plus tendres de mes

produits plus récents. C'est encore ma substance infiltrée et coagulée qui vous donne le phénomène des pierres à fusil dans la craie.

Pendant que toutes ces belles choses s'opéraient sur les flancs de mes bosses, elles se couvraient, par la réaction mutuelle de l'eau et de l'air, d'une végétation superbe.

L'eau de pluie, privée plus ou moins du principe *bleu* par les terrains sur lesquels elle tombait, et prenant de la consistance par ma substance plus ou moins riche en *jaune,* produisit, en absorbant le *bleu* de l'air, ces familles innombrables de plantes que vous cherchez en vain à renfermer dans vos classifications méthodiques.

L'eau, mise en jeu par la lumière et par l'attraction réciproque de mes parties, se dilate dans les *germes,* cherche le sol par les *racines* où j'abonde, et s'élève par les *tiges* et les *rameaux* où ma substance blanche rapprochée se montre à vous dans ces *utricules,* dans ces petits *filets* si déliés que vous remarquez dans la *moelle*, et dans le *tuyau ligneux* simple, où emboîté qui la contient.

Cette eau toujours plus décomposée, plus riche en *jaune* et plus visqueuse par moi, à mesure qu'elle s'élève dans la plante, y produit les *sucs propres*, les *gommes*, les *résines*. Par son union avec le *bleu* de l'air, elle offre à vos yeux délicats, dans le *paren-chime* de ces réseaux si diversement décou-pés, que vous appelez *feuilles*, toutes les nuances du vert, qui sont infinies, depuis le plus tendre jusqu'au plus foncé.

Par une dernière altération qui la fait rivaliser avec la lumière, l'eau vous étale dans les *calices* et les *corolles* des fleurs, dans les enveloppes des fruits, toutes ces nuances vives et brillantes des trois prin-cipes *rouge*, *bleu* et *jaune* rendus visibles et palpables par ma substance blanche qui s'y montre aussi quelquefois dans tout son éclat.

Il est bon de vous faire remarquer que le *jaune* domine toujours dans ces poussières fécondantes que mon ami le suédois Linné vous a montré sur les étamines des fleurs.

Il est tout simple que cette partie qui est la plus vitale, soit aussi la plus riche en *jaun* , et la plus inflammable. Tout ce qu'il vous a dit des chastes hyménées, et du lit nuptial, formé par les corolles, est exactement vrai. Mes productions vous présentent partout l'image de cet hymen, qu'Adonaï a sanctifié entre mon époux et moi, et qui me rend si féconde.

Si vous avez bien examiné les plantes, vous avez dû remarquer qu'il en est quelques-unes qui sont presque des animaux. La même eau, plus ou moins décomposée, plus ou moins riche en *jaune,* les élève d'une ligne ou de cent pieds; les rend brutes comme la truffe, ou extrêmement sensibles; détermine les odeurs qu'elles exhalent, ou les entoure d'un athmosphère qui s'enflamme.

La transition des plantes aux animaux sur ma surface, se fit tout simplement à mesure que l'eau se décomposait davantage sur les dépouilles des végétaux, et depuis le polype qui avale sa proie dans une goutte d'eau, jusqu'à l'aigle qui fond du haut des

airs pour la saisir; tout résulte de la réaction du *bleu* de l'air athmosphérique sur le
jaune présenté en plus ou moins grande
quantité par l'eau décomposée. Tout ce qui
se passe dans les êtres organisés, soit dans
l'état de santé, soit dans celui de maladie,
dépend de cette même cause.

Vous m'avez trouvée, mon cher lecteur,
dans la moelle et le tissu ligneux des végétaux, vous me retrouverez encore dans les
os, les tendons, le lait des animaux. Je me
trouve dans tout ce qui existe à ma surface,
plus ou moins; mais je dois vous faire un
aveu qui n'est point à mon avantage, c'est
que moins je me trouve dans un individu,
ou dans une partie quelconque de cet individu, plus cet individu ou cette partie ont
d'action, de mouvement, de vitalité. Ceci est
vrai, depuis le bloc de granit éternellement
immobile, jusqu'à la guenon qui, dans un
quart d'heure, fait mille grimaces.

Je reprends le fil de mon histoire.... Cette
multitude innombrable de végétaux et d'animaux que je produisais sur les flancs découverts de mes bosses, contribua encore à

faire baisser graduellement le niveau des mers ; ce niveau parvint jusqu'au pied de mes bosses : des fleuves majestueux commencèrent alors à serpenter dans les plaines qui se découvrirent à leurs pieds. La végétation, sur ces plaines formées de terrains de transport, n'en devint que plus belle, ma surface se couvrit d'immenses forêts. La douce température qui regnait alors, par la moindre distance où je me trouvais de mon époux, l'incroyable variété des plantes, leurs fleurs, leurs parfums, le chant des oiseaux, les mouvements d'un infinité d'êtres vivants, tout cela formait un spectale enchanteur dont vous pouvez vous faire une idée si vous avez visité par hasard quelque île déserte de la mer du sud.

Ce fut environ vers ce temps-là qu'Adonaï fit paraître sur ma surface un animal d'une espèce singulière, que beaucoup de gens ont cherché à connaître, mais que personne encore n'est parvenu à définir.

Son extérieur a quelque chose qui plaît et en impose; mais si vous l'examinez de près, quel tissu de contrariétés. Il est fier et rampant, courageux et timide, tantôt franc et ouvert, plus souvent astucieux et perfide ; c'est un ange pour la douceur, un tigre par la férocité ; son intelligence n'a rien de comparable avec les autres animaux, quoique faible et sans défense il les asservit tous. Il connait Adonaï, l'adore, le défigure et l'outrage.

Et bien ! le croiriez-vous ? malgré ce caractère monstrueux, cet animal singulier est l'objet des complaisances d'Adonaï. Je n'ose vous dire jusqu'à quel point il a poussé pour lui son immense bonté.... j'en ai frémi.... En attendant que cet animal soit mieux connu, tout ce que je puis vous en dire, c'est que s'il y a quelque chose de plus incompréhensible encore, et de plus séduisant, c'est sa femelle.

CHAPITRE XIX.

Ravages du temps, Vieillesse, Maladies.

D'APRÈS tout ce que je vous ai dit, mon cher lecteur, vous voyez que malgré les tableaux riants que présente ma surface, ce n'est à vrai dire, qu'un vaste cimetière. Je vois à chaque instant naître et périr une foule innombrable de mes enfants ; il en est qui vivent une seconde, d'autres des jours, des années, des siècles. Mais tous me rendent le peu de ma substance que je leur ai prêté ; le reste retourne au réservoir immense de la substance de mon époux.

En grattant ma surface, vous êtes étonné de trouver quelquefois des cadavres de plantes et d'animaux dont les semblables n'existent plus, ou vivent dans des climats très-éloignés et beaucoup plus chauds. N'en cherchez point d'autre cause que le mouvement progressif qui m'éloigne de mon

époux. Lorsque j'en étais plus rapprochée,
sa substance beaucoup plus abondante autour de moi, me donnait plus de chaleur
dans toutes mes parties, et me faisait produire des êtres bien différents de ces êtres
chétifs que je produits aujourd'hui.

Cette grande cause, qui a mis à découvert
à peu près deux cinquièmes de ma surface,
l'expose à des ravages continuels ; je me
trouve sillonnée dans tous les sens par des
torrents qui me donnent, dans les portraits
que vous avez de moi, une figure singuliè-
ment ridée. S'il y a quelques places où ces
rides n'existent pas, c'est bien pis encore,
ma peau y est d'une sécheresse et d'une
stérilité qui fait mal aux yeux.

La même cause qui fait blanchir vos cheveux, me fait blanchir aussi dans diverses
parties ; c'est l'appauvrissement de la substance vivifiante de mon époux qui met la
mienne en évidence.

Les maladies et les malheurs sont venus
encore augmenter les altérations que l'âge
a imprimé sur ma figure.

Je suis sujette par fois à des mouvements

spasmodiques, a ce que vos belles dames appellent des vapeurs; j'éprouve alors dans certaines parties des tremblements qui y font de grands ravages. Des docteurs très-profonds ont recherché les causes de ces tremblements; un des plus savants a prétendu que j'étais portée par un éléphant, et que je tremblais nécessairement toutes les fois que cet éléphant venait à éternuer.... C'est beaucoup trop de science pour expliquer un fait qui arrive très-naturellement. Si vous vous souvenez de ce que je vous ai dit d'une meule de foin mouillé qui s'enflamme, parce que l'eau qu'elle contient devient air et successivement lumière, vous verrez pourquoi je tremble lorsque de l'eau renfermée sous ma peau éprouve un passage trop brusque du froid au chaud, ce qui a lieu après de grandes pluies en autonme, mais surtout dans le printemps. Vous devinerez aussi pourquoi ma peau se gerce quand je tremble, pourquoi il en sort des flammes; pourquoi enfin Lisbonne fut renversé en 1755.

Vous avez dû remarquer que ma figure

en certains endroits est criblée de ces petits creux contre lesquels la vaccine est un préservatif; vous devez y voir aussi certains boutons qui rivalisent en hauteur avec mes bosses, mais qui, examinés de près, vous paraîtront d'une nature toute différente. Les matériaux qui composent ces boutons et qui se trouvent autour des creux dont il s'agit, ont un aspect noirâtre; on voit évidemment que c'est une matière qui a été soumise à un feu violent qui a coulé ou qui fut réduite en cendre. Vos soupçons à cet égard prennent de la certitude lorsque vous voyez sur ma surface quelques-uns de ces fourneaux qui se trouvent encore en éruption.

Si vous avez été assez heureux pour vous trouver pendant la nuit à portée de l'un de ces fourneaux, vous aurez joui d'un spectacle magnifique et terrible. Vous aurez vu l'air sillonné par des feux imitant celui de la foudre, dans ses divergences, son rouge vif, et sa détonation roulante ; vous aurez vu ces mêmes feux couler en fleuve , s'étendre en nappes, ou se perdre dans les flots, qui doublent ce spectacle éclatant et nocturne.

Ne voyez dans tout cela, mon cher lecteur, que de l'eau échauffée, qui devient air, et cet air comprimé s'échappant en lumière. L'eau est fournie par la mer voisine; elle rencontre des pyrites, des dépôts végétaux, qui lui enlèvent une partie de son *bleu*; ce *bleu* en se fixant, dégage de la chaleur, et l'eau échauffée passe par tous les degrés que je vous ai marqués; ma substance l'abandonnant à l'instant où elle devient lumière, revient à moi dans ces cendres légères et blanches que l'on retrouve à des distances incroyables de leur foyer.

Je n'entrerai point dans le détail des produits qui résultent de ces fourneaux; ma substance plus ou moins abondante y présente des corps spongieux et légers, et d'autres qui, coulés dans l'eau, y prennent des retraits symétriques, et forment des colonnades gigantesques.

Je viens de vous faire l'histoire de deux maladies chroniques qui me travaillent depuis bien long-temps, et dont les paroxismes ont été plus violents et plus fréquents dans les temps antérieurs , comme il est aisé de vous en convaincre par les traces nombreuses et non équivoques qui en existent à ma surface.

Je vais terminer mon odissée par un mal d'aventure qui n'est arrivé qu'une fois, mais qui a laissé sur ma peau des vestiges et des monuments dont un Suisse , très-brave homme et très-savant, vous a donné l'histoire dans un gros livre.

Il y a environ quatre mille ans qu'une de ces sœurs vagabondes, dont je vous ai parlé au commencement de cette histoire, vint se jeter étourdiment de mon côté; je ne vous dirai point si elle le fit de son propre mouvement, ou si Adonaï, qui avait peut-être ses raisons pour cela, la poussa vers moi; tant il y a que, pour l'éviter, je fis aussi un petit mouvement, mais si brusque, que ma partie fluide qui me recouvrait alors en partie, n'ayant pas la même prestesse que le noyau, éprouva un déplacement dont vous pouvez vous faire une idée, si vous avez vu chavirer un bateau. Il en résulta que l'eau couvrit à une grande hauteur la par-

tie qu'elle avait abandonnée depuis long-
temps.

Ce petit accident eut des suites beaucoup
plus graves que vous ne pensez. Cette partie
de ma surface qui se trouva submergée,
éprouva des bouleversements et des dépla-
cements considérables ; tous les êtres vivants
qui s'y rencontrèrent furent noyés , et je
m'en trouvai moi-même long-temps incom-
modée.

J'ai de bonnes raisons pour croire que
cet accident n'arrivera plus, malgré tout ce
qu'à pu vous dire un sorcier, nommé La-
lande ; et si je dois périr un jour, il est très-
probable qu'au lieu de périr par l'eau, ce
sera par une cause contraire.

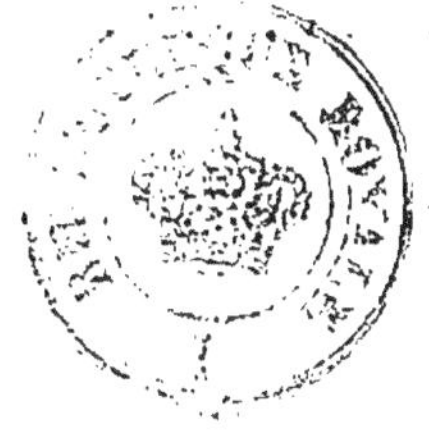

FIN.

TABLE

DES MATIÈRES.

		Pag.
Histoire de Blanche		5
Chapitre premier. Origine de Blanche.		8
Chap. II.	Tableau de famille.	10
Chap. III	Amour-propre.	14
Chap. IV.	Sympathie	19
Chap. V.	Prodigieux effets de l'amour.	23
Chap. VI.	Nœud conjugal.	27
Chap. VII.	Secrets du Ménage.	31
Chap. VIII.	Les trois manières d'être.	43
Chap. IX.	Amitié	48
Chap. X.	Événements qui changent ma figure.	53
Chap. XI.	Je deviens bossue.	57
Chap. XII.	Histoire des figures.	63
Chap. XIII.	Histoire des couleurs.	69
Chap. XIV.	Jeux admirables de la substance tricolore.	74
Chap. XV.	Spectacles charmants que l'on voit *gratis*	80
Chap. XVI.	Différents moyens de se procurer du feu.	85

Pag.

Chap. XVII. Comment il se fait que je deviens Mère 91

Chap. XVIII. Coup d'œil historique sur mes
enfants. 99

Chap. XIX. Ravages du temps, Vieillesse,
Maladies. 109

FIN DE TABLE DES MATIÈRES.

HISTOIRE

DE

BLANCHE.

1819.

HISTOIRE

DE

BLANCHE.

1819.